大鱼

有爱的青春陪伴者

曼曼入我心

Manman Ru Woxin

鱼子酱

著

百花洲文艺出版社
BAIHUAZHOU LITERATURE AND ART PRESS

图书在版编目（CIP）数据

曼曼入我心 / 鱼子酱著. -- 南昌 : 百花洲文艺出版社, 2019.2

ISBN 978-7-5500-3152-4

Ⅰ. ①曼… Ⅱ. ①鱼… Ⅲ. ①长篇小说－中国－当代 Ⅳ. ①I247.5

中国版本图书馆CIP数据核字(2018)第280738号

出 版 者　百花洲文艺出版社
社　　址　江西省南昌市红谷滩世贸路898号博能中心A座20楼　邮编：330038
电　　话　0791-86895108（发行热线）　0791-86894790（编辑热线）
网　　址　http://www.bhzwy.com
E-mail　bhzwy0791@163.com

书　　名　曼曼入我心
作　　者　鱼子酱
出 版 人　姚雪雪
责任编辑　余丽丽
特约编辑　周丽萍
装帧设计　颜小曼
封面绘制　官　官
经　　销　全国新华书店
印　　刷　长沙鸿发印务实业有限公司（长沙黄花工业园三号　邮编410137）
开　　本　880mm×1230mm　1/32
印　　张　9
字　　数　197千字
版　　次　2019年2月第1版
印　　次　2019年2月第1次印刷
定　　价　ISBN 978-7-5500-3152-4
书　　号　35.80元

赣版权登字：05-2018-216

目录

Contents

目录 Contents

1

第一章

Chapter

大师，求带

苏曼宁躲在厕所不肯出来，起初经纪人气得想拿斧子砸门，一个小时过后，便直接改用哄骗模式。

“我的个姑奶奶，你先出来好不好？时间真的来不及了……”

经纪人名叫 Sunny，是苏曼宁出道以来的第一个经纪人，性别男，爱好……呃，也是男。

“我不出来，一会儿你肯定又得没收我的手机。”

Sunny 翻了个白眼，双手叉腰道：“我的姑奶奶，你觉得就算我没收你的手机，能拦得住你点外卖的心吗？”

“也是！”苏曼宁拿着包薯片，毫无预兆地就开了门，又在 Sunny 毫无心理准备的情况下，塞了一把到嘴里，嚼得嘎吱嘎吱响。

Sunny 气得吹胡子瞪眼，一把抢过苏曼宁手里的薯片，一看，里面已经空了。

“马上就要去拍海报了，你居然还在吃？还是在厕所吃？”Sunny 一脸的恨铁不成钢。

苏曼宁吐了吐舌头，往沙发上一坐，继续看刚才没有看完的新闻。

“这些狗仔还真是有耐心，大明星不去报道，却整天堵在我这种小人物的门口。”苏曼宁说完，又抓起藏在沙发垫子里的零食，被眼疾手快的 Sunny 一把抢了去。

“还吃！真想拿针线把你嘴巴给缝了。你是明星，是大众人物，注意自己的言行，还有……”Sunny 用手比画了一下，“身材……”

“我身材挺好的啊……”苏曼宁一脸无辜地回道。

“那也经不起你那样糟蹋！”Sunny 说完，一旁的手机响了起来，是公司老板打来的电话。

Sunny 深吸一口气，已经打好腹稿，接起电话的那一刻，知道会被挨骂，所以根本不敢把手机靠近耳朵。

“把她后面的活动都给取消吧！就她接那几个通告赚的钱，还不够我拿来给她公关呢！”

老板前面叽里呱啦地说些了什么，Sunny 没听到，但这句还是如雷贯耳的。

“老板，再给曼宁一次机会吧。我最近一直在给她争取大 IP，已经有好几个导演答应要给她试镜机会了，能不能……”

“好啊，要是你能让她去‘星艺大赏’颁奖盛典走红毯，我就考虑给你们一个机会。”

“星艺……”Sunny 话还没说完，就被老板挂断了电话。

那一刻，Sunny 一定是心如死灰的，“星艺大赏”可都是一线大咖才能去的，他们家的小曼宁，折腾死了，也不可能有这个机会。

特别是转过身看到她那一脸事不关已的纯真笑容，Sunny 都有点怀疑自己的人生了，当初为什么要捡这个白眼狼回来？

一个多小时以前，Sunny 因为有事出去了，苏曼宁便管不住自己的嘴，在 APP 上点了大份麻辣烫外卖，久等不来，馋得不行，便想着出门去吃，谁知又在楼下碰到了送外卖的，本想拿回去吃的，却突然想到会在屋子里留下味道，于是在楼下花坛边找了个位置，迎着寒风便吃了起来。

吃就吃吧，还一点都不遮着掩着，大大方方的。殊不知那惨不忍睹的吃相已经被潜伏已久的狗仔给偷拍了下来，不到十分钟，新闻就贴了出来——

“三线女明星落魄在街边吃外卖，心酸背后真相谁人能知？”

下面还附有几张苏曼宁穿着拖鞋、披头散发的照片，那一眼看过去，哪里像明星？不知道的，还以为是公园里的流浪汉。

“你点外卖就算了，居然还点麻辣烫？你不知道你是唱歌的吗？嗓子不要啦？还有，第一天见面我就跟你强调过了，不管何时何地，只要是能被看到的地方，就一定要注意自己的形象。不化妆就算了，居然还给我穿着睡衣和拖鞋就出门了，你……简直是要把我气死！”Sunny 气得一跺脚，转身坐在沙发上嘟嘴抱胸。

“哎哟，我唱歌好不好听，全靠后期的调音师，这一点你是知道的嘛。我从小就喜欢吃辣，控制不住嘛！”苏曼宁坐过来拉着 Sunny 的手撒娇，“还有啊，我穿睡衣和拖鞋，就是为了不让自己那么引人注意嘛。谁知道那些狗仔，这样子也能认出我来？”

见 Sunny 还是爱理不理的样子，苏曼宁唰地站起来往房间里冲。

“我去换衣服，然后去开工！”

“不用了。”

“怎么了？我很快的，不会耽误的。”

“老板刚刚说了，你之后的通告已经取消了。”

“哦，那不是放假了……”

“苏曼宁，你长点心好不好？”Sunny 气得都变公鸭嗓了。

自从碰到这丫头后，日子过得是一天比一天折腾啊！不能生气，生气容易长皱纹，对，要微笑！

客厅的座机听筒放在了一边，而放在桌子上的手机一直亮着来电显示，因为设置了静音，所以也没人来接。而此时，门铃响了起来，见始终没人来开，等在外面的人似乎有些不耐烦，按了密码自己走了进来。

因为是晚上，而客厅只亮了一盏台灯，所以整个屋子的光线昏昏沉沉的。沈梦汐熟门熟路地换上拖鞋，摁亮客厅的大灯，朝四周扫视了一圈，没有发现人影，便径直穿过走廊，去到最里面的房间前站定。

“洵，你在里面吗？”沈梦汐轻叩了两下门，没有得到任何的回应。她轻吸了一口气，转动门把准备进去，却发现门是锁着的。

“每到这个时候就把自己紧闭在里面，你知不知道你这样很让我担心？”

走廊里灯不是很亮，沈梦汐闭着眼睛咬着唇，长长的睫毛在眼睑处刷下一层薄薄的影子。她是个很漂亮的女人，五官小巧又精致，黑发如瀑，又长又直，那拿捏得恰到好处的身材，真是要引起不少女人的嫉妒之心。

见里面始终没反应，沈梦汐咬了咬唇，又说道：“洵，对不起，当初是我太懦弱，只知道逃避，现在我回来了，如果可以，我希望我们能重新开始……”说完，眼眶里开始闪烁晶莹的光点。那般楚楚可怜的样子，让女人看了都有些受不了。

“你这又是演的哪出戏？”

正在此时，门突然打开了，一个穿着宽松长袖 T 恤和棕色阔腿裤且光着脚的男人走了出来。

他的头发有些乱，下巴上还能看出隐隐的青色，耳朵上釉色耳钉在灯光的照射下，看起来晶莹剔透。他黑眼圈有些重，半睁着眼，一只手插进口袋，一只手拿着一个咖啡杯，一副永远都没睡醒的姿态。

慵懒中却又透着沉稳的气质。

他很高大，背微微躬着，把沈梦汐整个人都罩在他的影子中。

沈梦汐立马从刚才阴郁的情绪中转换过来，手顺势钩住他的胳膊，笑得一脸灿烂：“哥，最近接了部新戏，女主角是个悲情角色，而且男主角的名字也叫‘洵’，刚刚看你家氛围渲染得不错，便试着进入一下角色。”

“你已经离神经病不远了……”楚南洵喝完最后一口咖啡，转身走向了客厅，去咖啡机那里又把咖啡续满。

“哥，咖啡喝多了，小心心肌梗塞。”沈梦汐一把抢过楚南洵的杯子，转身看到桌上的手机亮着屏，上面的未接电话和短信已经满屏了。

“哥，你是不是太傲娇了点啊？明明这个月是你大手捞金的时候，居然一个电话也不接。”

“我没你那么财迷心窍。”楚南洵说完，便又把自己关进了房间。

沈梦汐看了眼桌上不见了的咖啡杯，皱了皱眉，努了努嘴，不再多说什么。

这个大表哥的脾性，还真是跟舅舅一个样儿，啧啧啧……也不知道哪种女人会看得上他？真是为他的未来担忧啊……

想到这里，沈梦汐突然又联想到了剧本，一秒入戏，捂着胸口一副痛苦的表情道：“洵……你怎么老是拒我于千里之外？”

说完这句，沈梦汐不由得起一身鸡皮疙瘩。

男主角叫什么不好，非得叫这个，总觉得自己在乱伦。

苏曼宁和 Sunny 吵架了，为了一份牛排。

回到公寓后，苏曼宁打开了笔记本电脑，气呼呼地上了同城的招聘网。

不就是没了通告吗？居然小气到连一份牛排都不准点！

哼，她苏曼宁就不相信了，除了明星这份工作，她会找不到其他可以满足胃的活儿。

火锅店的服务员？月薪 2800 元 + 提成……

“老板，您好，这是您点的毛肚、鸭肠……”

幻想起上班时的情景，苏曼宁便甩了甩头。

不行，不行，火锅是自己最喜欢的食物之一，不能让自己天天闻着这个味道却吃不到。再说了，毛肚、鸭肠什么的，还是太粗鲁野蛮了……

包房公主，月薪 8000 元起……

“包房还有公主？公主还给人打工？真是前所未闻。”苏曼宁对这个行业有些陌生和好奇。

正在这时，Sunny 的电话打了过来。苏曼宁还在气头上，但随即一想，说不定是打来道歉的，总要给别人机会什么的，于是傲娇地接起了电话。

“告诉你 Sunny，我已经在招聘网上找工作了，没有你，我照样能赚钱买牛排吃！”

“嗬，这么能干？那你说说，找的什么工作呀？”

“这可是高薪职业，8000 元起呢，人才网上叫‘包房公主’，怎么样？够高大上吧！”

“噗！”正在喝水的 Sunny 一口喷了出来，呛得他难受了好久才缓过来，“算了吧，亲爱的，你还是跟我混得了，别出去被人卖了还帮别人数钱。”

这丫头很小的时候就被他发掘到公司做练习生了，说她单纯吧，有时候冒出两句荤段子，让人猝不及防；说她傻吧，却又鬼精灵鬼精灵的。所以，关于包房公主究竟是什么职业，Sunny 觉得没必要跟她科普。

“我不就是被你卖了，还在帮你数钱吗？”

苏曼宁说完，Sunny 的额角出现了三条黑线。

她真的有永远把人气到想撞墙的能力，而且无人能敌。

Sunny做了个深呼吸，决定不跟这丫头计较：“好了，说正事儿。老板说了，你要是能参加下个月的‘星艺大赏’，我们就还有机会。”

“哦，是不是那个每年我们都在电视上看的那个……我也能去？”

“嗯……是有点难……不过，也不是没办法……”

“我警告你，卖身我可不干啊……”苏曼宁下意识地捂住了胸口。

Sunny再次黑了脸：“你都要去应聘包房公主了，还在乎这些吗？”

卖身？他才舍不得让她去卖身呢！

不然，早火了……

“所以，包房公主到底是干什么的？”苏曼宁挠了挠头。

“……”

跟着导航穿街走巷，就在苏曼宁怀疑Sunny是不是在玩她的时候，面前出现了一幢看起来很复古的旧楼，只有四层，跟那些高楼大厦比起来，有些遗世而孤立。

正值初夏，红色的砖墙外面爬满了郁郁葱葱的爬山虎，大门的红漆有些脱落了，斑驳得像是上了年纪的老人。苏曼宁翻出手里的相片一对比，是这里没错了。

大师就是大师啊，住的地方都跟别人与众不同，真想在它的外墙上用红漆写上一个“拆”字，这可是发家致富最快的途径啊……

扎着双马尾的苏曼宁整理了一下自己的着装，白色碎花连衣裙、白色球鞋，外加素色斜跨小包，大方清纯、活泼可爱，是中年大叔都爱的萝莉款。

进门前，Sunny 打电话一再叮嘱苏曼宁态度一定要虔诚礼貌，毕竟是求人，该低头时就低头。苏曼宁拍着胸口保证，说什么一定会不负众望的。

为了以后可以不看价格就尽情地点菜，求人这种小 case 不在话下啦。

“哎哎哎，小妹妹，你找谁啊？”苏曼宁刚跨门进去，就被门口的大爷给拦下了。

我去，这种破房子居然还有守门大爷？

“哦，我是来找我……叔叔的，他就住在这里的四楼……”撒起谎信手拈来还不眨眼睛的，是苏曼宁本人无误了。

“你叔叔？叫什么名字啊？”大爷半信半疑。

“叫……楚南洵！对，没错，是这个名儿。”苏曼宁暗自腹诽，这大叔的老爸想必是走文艺范的吧？把自己儿子的名字整得跟小说男主角似的。

正在苏曼宁觉得自己的谎言天衣无缝时，门口突然走进来一个男人，破洞牛仔裤配一件白色文化 T 恤，手里还牵着一条法国斗牛犬，斗牛犬冲着苏曼宁叫了两声，像是在打招呼。

“小楚，你来得正好，你侄女找你。”大爷指了指站在对面的苏曼宁。

哈哈，小楚？的确是够小的……

早知道来之前上一下百度了，真是尴尬到变形了。

“那个……叔……叔叔，早……早上好啊，遛狗呢！”苏曼宁干笑了两声。怕大爷识破，她二话不说，夺过楚南洵手里的狗绳便往里跑。

楚南洵站在原地愣了两秒钟后，踩着人字拖啪嗒啪嗒地追了上去。

这年头，见过抢人的，没见过抢人家狗的，这光天化日的，还有没有王法了？

楚南洵平时不怎么锻炼，跑了这么一段路后，累得他有些气喘吁吁。一看那丫头杵在电梯门口，他颤抖着手指着她想说些什么，却无奈累得一个字都吐不出来。

“那个……大师，不好意思，狗，还给你！”苏曼宁双手奉上狗绳，笑得人畜无害。

楚南洵蹲下身子，仔细地检查了狗狗的全身。发现狗狗除了有些喘之外似乎没什么异常，于是他起身往苏曼宁面前走了一步，高大的身躯让他看起来有些盛气凌人。

“你对我的狗做了什么？”

“没，没……我刚才那是慌了才出此下策的，我……我就是想……见你。”苏曼宁双手背在身后，整个人别扭极了。本以为大师什么的，要么是白胡子老头，要么是络腮胡子的中年大叔，谁知道会是个看起来毛都没长齐的小鲜肉？作为同龄人，看到别人如此出类拔萃，自己真的是好想……给他点个赞啊！

“我们认识吗？”楚南洵一脸的匪夷所思，怪不得一大早眼皮直跳，本不想出门的，那沈梦汐打电话过来，非得让他带着她的爱犬出去呼吸什么新鲜空气。

苏曼宁摇了摇头。楚南洵斜了她一眼，决定宽宏大量不报警抓她，抬手按了电梯，走了进去。

苏曼宁话都没说完，自然不肯放他走，于是以迅雷不及掩耳之势，闪进了电梯。

“我我我……我都叫你叔叔了，你也算占了便宜，所以，给我五分钟，让我把话说完好不好？”

楚南洵觉得，有个戏精的表妹已经够让他抓狂的了，谁知眼前这个，更挑战人的极限。

果然，他的人生就不太适合出门活动。

“我给你一分钟，你若是不离开我的视线，我就打电话报警。”明明很生气，但说话仍不疾不徐，语气中带着慵懒和不耐烦。

一点都不像是年轻人该有的情绪表现。

一听到要报警，作为良民的苏曼宁自然是不敢再造次了，丧气地耷拉着脑袋，挥挥手准备告别时，突然感觉脚踝处一股热流袭来。

我的乖乖啊，这狗居然把它当成电线杆，抬腿在她脚上尿尿了……

袜子和鞋子都湿了。

苏曼宁整张脸都皱在一起了，要不是狗的主人还健在，她真的很想把这不文明的家伙给丢出去。

“那个……对不起和钱我都不要，去你家洗个脚，总可以吧？”

这还是第一次，明明是对方错了，自己却卑躬屈膝地讨好谄媚。

楚南洵的家并不大，跟苏曼宁住的公寓差不多，不过同为年轻人，这楚南洵似乎老派得多——装修风格全是中式的，墙上还挂着很多古风的油画。

苏曼宁不禁感慨，难道中式的装修会比较省钱吗？因为一眼望过去，似乎全都是木头做的。

木头沙发、木头茶几、木头挂衣架、木头躺椅……

真想放一把火全给他烧喽！

楚南洵自进门，就一直抱胸睇着这女人，贼眉鼠眼的样子，不禁让人联想到不怎么光彩的职业。

“你跟父母同住？”苏曼宁转身问了一句。因为她实在很难想象，一个年轻人会喜欢这样的装修风格，一点现代感都没有。

楚南洵指了指卫生间的位置，白了苏曼宁一眼，似乎在回答：关你屁事！

苏曼宁噘噘嘴，有些悻悻然，朝着他指的方向缓步走过去，边走还边在想，接下来该怎么才能让他听完她的请求。

不出意外，卫生间也是一堆木头搭出来的。苏曼宁忍不住朝里面看了一眼，浴室里居然有个大木桶，天啦……这该不会是他拿来泡澡的吧？

苏曼宁的脑海里突然闪现出古装剧里那些香艳的出浴图……

我去，这男人难道是从古代穿越过来的？

突然对他的生活有些好奇了……

正当苏曼宁在无限遐想的时候，突然一股凉水朝她冲了过来。苏曼宁吓了一跳，往后退了几步，一看，原来是楚南洵拿了一个瓢，朝她泼了水。

“喂，你干什么？”苏曼宁抬起脚，水便从鞋子里流了出来。

“冲洗！”楚南洵不咸不淡地回了一句。

“我还没脱鞋呢！”苏曼宁有些不理解这男人的行为。

“反正都是湿的，干吗还要脱？”

呃……这似乎没办法反驳。

不对，不对，这是歪理，就像是“被子本来就是用来盖的，为什么还要叠起来”是一个道理。

“我不管！我现在两只鞋子都湿了，没办法出门！”苏曼宁索性脱掉两只鞋，光着脚站在地上，一副“不给出个说法就绝不离开”的表情看着楚南洵。

楚南洵一副头痛的表情，敢情今天没吃早饭，还出现幻觉了不是？碰瓷居然碰到他这里了？

他从兜里摸出手机，利落地拨打了报警电话：“您好，我要报警……”

苏曼宁一听急了，唰地把领口一拉，扯着嗓子喊：“非礼啦！非礼啦！”

楚南洵可能是没预料她还有这一招，吓得连忙挂断了电话，那永远半睁着的眼突然瞪得老圆。

“你到底……想怎么样？”语气依然不疾不徐，不过他心里正在抓狂。

苏曼宁二话不说，双膝跪地，要不是地板是湿的，估计她都要五体投地了。

“求大师带我一起去‘星艺大赏’，我以后有没有牛排吃，全靠这一次了……”比起要他的设计，这样的请求应该更为直接妥当吧？

苏曼宁抬起头，眼睛乌漆漆的，像是泡在水里的璞玉，很是晶莹透亮，那副楚楚可怜的样子，跟路上的流浪猫求包养一样，让人心头忍不住一软。

当然，楚南洵并不吃这一套。

他就算是刀子嘴豆腐心，那豆腐也是冻过的。

不过安静了几秒钟，楚南洵的脑子便已经高速运转了起来。细细地回味她的这句话后，他突然明白了。

看来，就算不接电话不回短信，也杜绝不了这种骚扰啊。

“你是艺人？”

苏曼宁乖巧地点了点头：“三线的，不怎么红！”

楚南洵不算娱乐圈的人，但混迹了这么多年，见过的明星也不少，却从没有遇到过这种奇葩，先是撒谎企图靠近自己，后又扯着嗓子喊非礼，再又扑通一下行跪拜礼，这起承转合，简直让人心脏有些受不了。

“你是演员？”

自编自导自演，似乎完全不在话下。

“不，我是唱歌的！”

这很出乎楚南洵的意外。一看楚南洵似乎很好说话，苏曼宁连忙从地上爬起来，也不管手脏不脏，便上前拉住楚南洵的胳膊，央求道：“大师，你就带我去吧！”她看了眼在楚南洵身后的狗狗，“我保证不给你添麻烦，你……就像牵条狗遛街！”

楚南洵被口水呛得咳了几声，这能把自己比喻成狗的人，还真没几个。

“那我有什么好处？”

楚南洵盯了一眼苏曼宁紧抓着的手，苏曼宁便立马识趣地松开了。

“做牛做马都可以……只要你答应。”

这做完狗，还要做牛做马吗？他这里又不是牧场，要那么多牲口干什么？

楚南洵脱下自己的拖鞋，光着脚踩在了地板上，然后指了指门口的位置：“这鞋你可以穿走，慢走不送！”

说完，他便准备回房，但又想到了什么，补充道：“你可以不走，一会儿警察可以来接你，至于非礼，小妹妹，这是要讲究证据的。”

苏曼宁没想到刚才的一系列卑躬屈膝，却换来了一个逐客令，不由得有些懊恼，语气也不好了：“什么小妹妹？我哪里小了？C罩杯好吗？眼睛瞎了啊！”

楚南洵哼哧一声，摇了摇头，回到房间关了门，不由得感慨，这世间女人千千万，怎么他净碰到一些奇葩的？

“大师，大师，我叫苏曼宁，你记住了啊，我还会再来的！”前一秒还暴跳如雷，这一秒却又变得狗了，这情绪间的无缝转换，苏曼宁当真是游刃有余啊。

“输Money”？啧，这家父母真是有才。

等等，还会再来什么意思？

在苏曼宁脚边尿尿的狗名叫“糖豆”。

因为爱吃糖，所以取了这个名儿。

沈梦汐还在摄影棚拍宣传海报，硬是被楚南洵给叫了回来。

原因只有一个，就是把糖豆带走！

“哥，我觉得糖豆这是在给你牵线呢！”沈梦汐抱着糖豆，不停地抚摸着它那光滑的皮毛，“就是方式独特了点。”

“嗬，独特？”坐在沙发上的楚南洵哼了一声，给自己泡了一杯功夫茶，清香的香味可以平息他此时心里的烦躁。

他就想不明白了，虽然城市不像农村一样，随处可见电线杆，那也不能一而再再而三地把那个什么“Money”给当电线杆啊！

此时，放在沙发上的手机忽然一亮，还在喝茶的楚南洵随意这么一瞥，就立马不淡定了。

“谁把我电话号码告诉那个女人的？”楚南洵看向一脸无辜的沈梦汐，见她耸耸肩，又盯了眼糖豆，觉得更不可能。

沈梦汐在好奇心的驱使下，一个生扑过去，利落地把桌上的手机给抢了过来。

“大师，我被你的狗狗‘淋’了三次尿，医生说，有可能要截肢，所以，你准备怎么赔偿我？”

沈梦汐一字一句地把短信内容给念了出来，不禁哈哈大笑。她以为这世上除了她，就不会有这么好玩的人了，突然觉得这个发短信的女孩特别有亲切感，姑且就叫作惺惺相惜吧！

糖豆跑到沈梦汐的脚下蹭了蹭，呜咽了两声，像是在求抱抱。沈梦汐弯腰一把抱起它，摸了摸它的头，赞赏道：“糖豆，干得不错！”

楚南洵手撑着额头，一副头痛得要死的表情。今天，连他最喜欢喝的白茶，都变得索然无味了，他是上辈子侵略地球了吗，这辈子要受到这些惩罚？

“这件事因你的狗而起，所以，你要负责给我摆平！”楚南洵说完，便想起身回屋。这时，手机响了起来，如果他刚刚没看错，来电显示的号码就是刚刚发来短信的那一个。

楚南洵头皮一阵发紧，准备不理会，可没走两步，门口响起了敲门声。对，不是门铃声，而是又吵又粗鲁的敲门声。

“大师，你开门啊，我不要什么金钱赔偿，你就答应我带我去‘星艺大赏’吧，我保证以后都不来烦你了……”

隔着门，声音有些瓮声瓮气的，但仔细听，还是很清楚。

楚南洵双脚前后一甩，两只拖鞋被甩得飞到了两边，把沈梦汐吓得够呛。从小到大，她从来没有看到过他这般抓狂的样子，这感觉，就好像看到一尊面无表情的佛像，突然仰天长啸了一般。

沈梦汐决定去会会这位女侠。

沈梦汐打开门。此时，苏曼宁正蹲坐在门边，手里抱着薯片，吃得嘎吱嘎吱作响，因为没预料到对方会真的开门，还差点仰倒过去。

“你好，你好，你是大师的女朋友吧？我叫苏曼宁，不知道你今天也在这里，打扰了，打扰了。”苏曼宁在身上擦了擦有点脏的手，伸出手以示友好。

“你说你想去‘星艺大赏’？”沈梦汐打量了一下苏曼宁，确定眼前的女人没有在圈内碰到过。

“嗯嗯！Sunny说，只要我可以参加这次的大赏，以后就有……”她本想说有牛排吃的，但想了想，还是觉得不太好，“就有通告可以接了……”

“哦……”沈梦汐了然地拉长了尾音，双手抱胸靠在门边，“你求他还不如求我，他那个人，死板得很，不好沟通！”

“哈哈，你别开玩笑了，那个大赏哪是什么人都能去的？我先谢谢你的好意了啊……”苏曼宁抬手拍了拍沈梦汐的肩头，然后趁机往里探了探头，“大师呢？怎么没人？我今天守了一天，没见他出门啊……”

沈梦汐瞬间石化了，她居然不认识她？要知道，以她的实力和背景，刚一出道就已经红遍半边天了，知名度可是能和当年《还珠格格》里的小燕子比了。

“你别瞅了，我哥他不会参加这些抛头露面的活动的……”

沈梦汐拎着苏曼宁的领口往外一拉，被人无视的感觉让她有些小小的不爽，所以，她改变主意了，作为当红“炸子鸡”，她还是要有自己的小傲娇的。

“原来他是你哥哥啊……”

这厮的脑回路当真是诡异又清奇啊……

2

第二章

Chapter

我不是小偷

今天天气不错，外墙的爬山虎在阳光的照射下，熠熠生辉，些许微风撩拨着叶片，深吸一口气，神清气爽，让人心情不由得也好了起来。

楚南洵起了个大早，对着镜子正在刮胡子。他手里的刮胡刀跟商场里卖的不同，看起来很是精致，刀柄上缠着龙纹，很有质感，而刀头则是精细的镂空设计，大气又复古。

他的手指纤长白皙，拿着刀刮胡子的时候，像是在细心雕琢某个艺术品一般。若是Sunny做这个动作，就会显得有些娘，但楚南洵不会，散发着男人独特的个性魅力。

洗了头后，楚南洵拿着条毛巾擦着湿漉漉的头发，走到桌子前接起电话。

“放心吧，奶奶，我一会儿就到。”跟平时说话的语气不太一样，多了些温柔，也多了些耐心。

楚南洵比较宅，平时很少出门，更别说精心装扮自己了，脱掉平时松松垮垮的T恤长裤，换上了一件白色的衬衣。衬衣袖口绣着花纹，精致复古却又不烦琐，不过更吸引人的，还是那设计独特的袖扣，晃眼一看像印章，但细看更像是某种文化的图腾，虽然小，却玲珑细致。素色的长裤把他的腿修饰得又长又直，虽然是简单的装扮，却让整个人都变得精神挺拔了。

以至于沈梦汐看到都忍不住感叹："这有模有样的，一年下来还真是看不到几次。"

也难怪，谁叫他大门不出二门不迈的像个黄花大闺女呢？

"哥，最近那个女的还有在烦你吗？"在车上时，沈梦汐边补妆边问。

他就是讨厌沈梦汐这种哪壶不开提哪壶的性子。没错，这几天，他确实没再见过那个什么Money，可是守门大爷却成了整天敲他门的常客。

"小楚啊，你那个侄女叫我转交给你的东西……"

"小楚，我看你侄女挺可怜的，你要不就帮帮她吧！你再怎么说，也是叔叔不是？"

"小楚，你看看，这是你侄女给你那狗买的衣服，啧啧……还是紧身的……"

……

楚南洵实在是有些不厌其烦，便跟大爷解释说，他没有那么大的侄女，然后事情便又变成了这样——

"小楚啊，你是不是做了什么对不起人家姑娘的事儿啊？怎么这姑娘一天到晚都来找你？"

"小楚，你要是实在不想见她，你跟她说清楚嘛，我夹在中间，很为难啊……”

“哎，小楚，我觉得这姑娘不错。我一天守门也挺无聊的，自从她来了后，我充实多了……”

楚南洵一想到这些，头就痛得不行，这女人不该叫Money，应该叫Monkey，如果吉尼斯纪录里有脸皮最厚的人这一项，非她莫属了。

去的路上有些堵车，司机小王便拿出一张光盘放进了播放器，一首听起来像是动漫里的片头曲响了起来。

虽然听不懂唱些什么，却有种越听越熟悉的感觉。

“咦，哥，你什么时候喜欢这种类型的歌了？”

“不是的，沈小姐，这光盘是那个苏小姐送的，还带有签名的。你知道吗？她可是我们的宅男女神哦，我特别喜欢她……”小王越说越激动，一点都不像是快满三十岁的男人。

不过同为宅男，为什么楚南洵就不知道有这么一个人物存在呢？

啊，对，他可没那些整天就只知道看直播、玩网游的宅男那么无聊。

“还真是越来越有趣了……”沈梦汐双手抱胸，嘴角含笑，这无缝不钻的精神，还真是让人有些瞠目结舌呢！不知道为什么，总觉得自己的大表哥会被这样的女人吃得死死的……

“关掉！吵死了……”楚南洵揉了揉太阳穴。

今天是楚南洵奶奶八十岁的寿辰，楚南洵答应了要陪老人家去听戏。梨园戏院就在离老宅子不远的地方，老太太没退休前，是那个戏院的台柱子。楚南洵自小跟着奶奶长大，耳濡目染下，对于中国戏曲和文化，便有了特殊的情结。

换句话说，他现在的职业都是因为奶奶而成就的。

老太太虽然八十岁了，看起来却十分矍铄。也有可能是戏班子出身，老太太整个人很是有气场，自内而外，让人忍不住生出一种崇敬仰慕之情。

“外婆……”沈梦汐跑过去抱住了老太太，撒娇道，“外婆你想汐儿没有啊？汐儿可想死你啦！”

老太太笑得一脸慈祥，连连说想，然后小王从车上搬了一幅字画下来。

沈梦汐笑嘻嘻地说：“外婆，你最喜欢的尤老先生的墨宝，我可是费了好大劲儿才求到的呢！”

“好好好，知道汐儿最有孝心了……”老太太高兴得合不拢嘴。

“不过我再怎么折腾，也比不过你孙子哦！”沈梦汐说完看了一眼杵在旁边的楚南洵，“他可是熬更守夜了半个多月给外婆手工还原了清朝宫廷十八子手持珠，而且是用上好的沉香木做成的，上面每一个珠子都精心刻了一个‘寿’字呢……”

沈梦汐一副激动的模样，不知道的还以为这是她做的呢。也难怪，之前她一直求着楚南洵给她做一款十八子的手串，可楚南洵一直都推辞说没空。所以，这番话里，多少带着点酸味，可无奈，她怎么能吃外婆的醋呢？

楚南洵拿出一个精致的盒子。老太太接过来，打开盒子的一刹那，喜爱之情溢于言表。

那十八子手持珠虽是手工雕琢，却十分精致华美，每一颗珠子大小相同，红色的佛头，采用镂空的工艺，很是精密细致，坠脚挂着一颗圆润清透的海蓝宝石，看起来华贵却不庸俗。

与今天老太太的中式穿搭，很是相得益彰。

苏曼宁这几天缠着楚南洵有些缠累了，按理说她都主动出击了，对方没理由一而再再而三地拒绝她啊，她大小好歹也是个肤白貌美的女明星不是？

“Sunny,我看我们还是另谋生路吧？娱乐圈真的不太适合我……”苏曼宁边吃着棒棒糖边懊恼地打着电话。

“什么不适合你？我告诉你，苏曼宁，你除了在娱乐圈混，哪儿都不合适。”Sunny一副恨铁不成钢的口气回道。

“可那楚南洵完全就是块石头啊，我可是三十六计都用上了，他依旧连个正眼儿都不给我。我脸皮再厚，也是有尊严的好吧？”一想起楚南洵看她时的那个死鱼眼，苏曼宁就想像条狗一样毫不客气地咬上去。

“你什么时候在乎过自己的尊严了？我可听说了啊，这段时间，你为了蹭饭，可是无所不用其极，你身边那几个三线小艺人朋友，可是一到饭点就关机了啊！”Sunny拿过手机看了看，“呀，马上也快到饭点了，我挂了啊！”

听着手机里传来的嘟嘟声，苏曼宁咬牙切齿地咒骂了好几句，抬起头看了看万里晴空，心情却一点也好不起来。做明星混到连经纪人都懒得管的地步，还真是可悲可泣啊！

此时，Sunny 正在美容院做面部护理，刚一挂断电话，外面便进来了一个中年女人，从说话的语气、走路的姿态便可以看出，此人不是什么等闲之辈。

“哎哟，茉莉姐，你可算来了，我刚刚帮你试用了他们店里的新产品，感觉清清爽爽，很是不错呢！”

“哟，我当是谁呢！吓我一跳！”茉莉姐脱掉外套，在一旁的床上躺了下来。

Sunny 马上从床上下来，然后狗腿地跑过去：“茉莉姐，你要不试试我的手艺吧？”

“你还会这个？”

“那可不？可专门学过呢……”Sunny 说着便挽起袖管，眼珠子一转，话题一转，“要是茉莉姐你满意我的服务，到时候一定要考虑一下，照顾照顾我们家曼宁才是啊……”

茉莉姐轻嗤一声，这个 Sunny 果然不会无事献殷勤。

比起尊严，还是牛排比较重要啊！

苏曼宁抬头看了看眼前的戏院，一边瞧不起自己这种毫无立场的行为，一边又不断地念着食谱经来麻醉自己，她忽然想到了某位老奶奶跟她说的一句话——

男孩儿好吃要欠账，女孩儿好吃要上当。

当初 Sunny 要不是给了她一块面包，她也不至于在这条不归路上越走越远啊……

戏院内，已经坐了很多人，全是来贺寿的亲戚和朋友。老太太和楚南洵坐在最靠前的位置上，两人聊着一些旁人插不进嘴的话题，什么戏曲、古典文学、历史古董之类的，这让坐在一旁的沈梦汐很是无聊，连打了好几个哈欠了，一心盼着这台戏可以早点结束。

“今天这花旦是谁唱的？我之前怎么都没见过？”老太太问一旁的戏院老板，也是她多年的挚友和戏友。

老板正要解释，那“花旦”竟朝他们走了过来，因为还没卸妆，所以一眼看过去，还真看不出来是谁。

“奶奶，祝您福如东海，寿比南山！”见老太太一脸疑惑的表情，“花旦”继续道，“奶奶，我是雯雯啊！”

“啊，雯雯啊！你怎么跑戏台子上去了？”老太太的确是吃惊不小。

唐静雯看了一眼旁边的楚南洵，露出了害羞的神色：“洵，好久不见！”

其他人没看出她是谁，但楚南洵还是一眼就认出来的，她不过是画了戏妆，哪怕是化成灰，他也能一眼认出她来。

楚南洵微微一颔首，便算是回了礼。要不是今天奶奶在，他估计理都不会理她。

“奶奶喜欢听戏，而我也不知道送什么寿礼比较好。这两个月，我都在学戏，就是为了今天能唱给奶奶您听！”唐静雯的声音很好听，与她文静的气质很搭。

“你还真是有心了！”老太太笑得一脸慈祥，但跟对着沈梦汐和楚南洵时的笑容是不同的，对唐静雯，这笑容里夹杂着一丝的礼貌和生疏。

她其实不喜欢这样恭维的话，在老太太看来，年轻人应该要有自己的人生目标和理想，而不是为了谁去强迫自己喜欢某种东西，然后又到别人面前说什么是为了你。

“那奶奶，您先歇着，我去卸妆，一会儿再来找奶奶。”

“好好好，你去吧！”

唐静雯走之前对着楚南洵笑了一下。

老太太转过身，也是意味深长地看了他一眼，不过眼神里似乎是有些无奈。

而在楚南洵正打算落座的时候，忽然，一个熟悉的身影蹿进了他的视野。

楚南洵眉头一皱，哼了一声，这女人，怎么黏得跟狗皮膏药似的？

因为是包场，所以苏曼宁想要进戏院并不容易，好不容易混进来嘛，又进不去大厅，于是绕了个弯，蹿进后台去了。

刚刚被楚南洵发现的时候，正是苏曼宁从舞台后面往外东张西望的时候。

由于视角问题，楚南洵刚好在她的盲区，她自然不知自己的行踪早已暴露。

“唉，这戏院也太大了吧？走一圈下来，又饿了……”苏曼宁摸摸肚子，眼神开始自动扫视周围是否有可入口的东西。

此时后台一个人都没有，苏曼宁一眼便看到了梳妆台上的小面包，拿起来准备吃的时候，又觉得这样的行为不太好，便想放回去，谁知，还没撒手，突然一声大喝，把她给吓了一跳。

“你是谁？”唐静雯扫量了一下苏曼宁，看她手上拿着自己的早餐，不由得眉头一皱，“你为什么拿着我的东西？”

还没等苏曼宁解释，唐静雯便一把拿过桌上的包包开始翻找。一看包里的东西不见了，唐静雯用质疑的目光看向苏曼宁：“我包里的东西是不是你拿的？”

苏曼宁手一松，面包一下子掉到了地上，无辜地连连摆手道：“不是我拿的……”

“不是你那是谁？这里又没其他人，我不过去上个洗手间的工夫，回来东西就不见了。”唐静雯情绪有些激动，也难怪，那可是她一会儿要还给楚南洵的东西呢！

“是，我承认，我刚才是想把你的面包吃掉，但一想到这样不对，便准备还回去。至于你包里什么东西丢了，真的不关我事的……”

这么一争吵，一下子引来来了很多人，全都是一副看小偷的表情盯着苏曼宁。苏曼宁有些害怕了，她自小就天不怕地不怕的，可是最受不了的，就是这些误会的眼神，顿时有些手足无措。

“我还是打电话报警，叫警察来处理这件事吧！”唐静雯说完便掏出手机拨打了 110。

苏曼宁吓得语无伦次：“别报警啊，我……我真的不是小偷……”

此时，苏曼宁真是恨不得扇自己一巴掌，因为贪吃惹上的祸事已经不是一次两次了，居然还是不长记性，这下好了，直接进局子了。

不过，一同进来的，还有楚南洵。

因为严格意义上来说，丢的东西是他的。

“大师，你相信我是小偷吗？”趁唐静雯进去做笔录，苏曼宁悄悄地问一直闷不吭声的楚南洵。

“小偷是不会把‘小偷’两个字写在脸上的……”楚南洵淡漠地看了一眼苏曼宁，继续埋头玩“斗地主”。

苏曼宁气结，双手叉腰后鼓起了腮帮子，拿起手机给 Sunny 发了条语音过去——“Sunny，你怎么还不来救我啊？”

没一会儿，那边回了一条——“我一过来，不是把记者也引过来了？你自己遮掩着点，别被发现了，关键时期，再闹出新闻，回天乏术……”

苏曼宁撇了撇嘴，把卫衣帽子套在了头上，然后整个人趴在桌子上，只露出一双眼睛看来看去。

“话说，大师，你究竟丢了什么东西啊？”苏曼宁歪过头问道。

“一条祖母绿宝石项链。”

“祖母绿是什么绿？”苏曼宁咕哝了一句。对于宝石，她是一点也不懂，就算她真是小偷，也是那种级别最低的，就是只知道偷现金的那种。

正在这时，一名警察走了出来。苏曼宁以为自己的嫌疑已经洗清了，连忙抬头，谁知对方说了一句：“后台的监控设备已经坏了很久了，所以没办法采集到证据。”

苏曼宁顿时心如死灰：“那怎么办？”

“还要等进一步的调查，所以，你暂时还不能离开。”

“可我真的不是小偷，警察叔叔，你见过这么可爱的小偷吗？”苏曼宁说着说着还卖起了萌，吓到了警察叔叔不说，还让一旁的楚南洵忍不住扑哧笑了一下。

这一笑，让苏曼宁彻底急了，大声吼道：“你笑什么笑啊？我是真的没偷你祖母……”

苏曼宁去做完笔录回来，在走廊里碰到了楚南洵和唐静雯，本想冲过去再解释一遍她不是小偷这件事，可刚一靠近，两人的对话倒是引起了她的兴趣。

“洵，你不会因为我把东西弄丢了，就不理我了吧？”见楚南洵没理她，唐静雯上前一步抓住他的手臂，“我知道那项链是你妈妈的遗物，对你来说很重要。都怪我不好，我不该把它放到包包里，才让有心之人有机可乘。”

“最有心的人不就是你吗？”楚南洵用眼神盯了一下唐静雯抓着他的手，唐静雯便乖乖松开了，“我很累了，先回去了。”

楚南洵说完便作势要走，唐静雯一个激动，从后面抱住了他的腰。苏曼宁看得眼睛一闭。

“我知道，你是在生我的气，你原谅我好不好？”唐静雯不管不顾地说。

楚南洵不耐烦地用舌头顶了顶牙齿，然后把唐静雯的手给撤开，头也不回地说了一句：“你什么时候改改你那自以为是的毛病？”

啧啧啧……作为吃瓜群众的苏曼宁，看到这样的场景忍不住摇了摇头，敢情这两人是旧情人的关系啊？此时此刻，真想化身记者，拿出手机咔咔咔拍下几张，然后唰唰唰写一篇小说式的主题新闻，标题就是——知名珠宝设计师楚南洵的城南旧事！

等等，为什么非要是记者呢，不是记者也可以啊。苏曼宁想明白后，立马拿出了手机。

而这时，唐静雯已经跑到了楚南洵的前面，来了个正面拥抱。

“对对对，动作再亲密一点，最好是能亲上去……”

苏曼宁边偷拍边乐不可支地嘀咕。也不知道是不是她这些碎碎念起了作用，唐静雯脚一踮，一副作势就要亲上去的样子。苏曼宁瞪圆了眼睛，拿着手机连拍了好几张，而就在她得意忘形的时候，被楚南洵给发现了。

楚南洵一把推开眼前的女人，大步走到苏曼宁的跟前，伸出手，严肃道：“把手机交出来。”

苏曼宁有点被吓到，他这样冷漠不耐烦的表情，即便是之前她把他缠烦了时也没出现过的，所以她差一点就乖乖缴械投降了。

“不行，不行，这是我的手机，我为什么要给你？”苏曼宁朝楚南洵吐了吐舌头，转身欲逃，却被楚南洵抓住了衣领。也不知道他是不是练过，一个轻巧的动作后，她的手机便到了他的手里，可发现即便是拿到了手机，也无法进入到相册。

“密码！”楚南洵有些没耐心了。

“你答应带我去‘星艺大赏’，我就把刚才拍到的照片给删掉。”苏曼宁两个拳头紧握，鼓起勇气跟这位大师谈条件。

“我自己都不去，干吗要带你去？”楚南洵边说边用手试着画各种解锁图案。

“可是你明明已经收到邀请函了啊。”

“那你收到了吗？”楚南洵顺口一问。

“没……”

“那不就得了，邀请函都没有，就算是我带你去，也是被堵在门口。”楚南洵试了各种简单的图案都没成功后，有些懊恼地想摔手机了——对，摔手机！

“就算你摔了手机也没用，它已经自动存在云盘上了，我随时都可以下载下来。”苏曼宁连忙上前阻止，现在本来就穷得连牛排都吃不上了，哪还有修手机的钱？

“这样吧，我不要你带我去‘星艺大赏’了，你帮我搞一封邀请函怎么样？”

“好好好，我把我的给你行不行？”楚南洵烦得不行。

“那谢谢了！”

一看得逞，苏曼宁便高兴得又蹦又跳，楚南洵被闹腾得实在是有些头痛。

“你们认识？”这时，唐静雯走了上来，

“啊，认识，认识，我是……”苏曼宁眼珠子一转，随口道，“大师的小助理！嗯，对，小助理。”

不管是出局子还是一会儿去拿邀请函，都应该多少攀上点关系才行。啊，真是想为自己的机智点一个赞啊！

“小助理？”唐静雯和楚南洵异口同声道。

“不要这么惊讶嘛，所谓一回生，二回就熟了嘛……”

……

这起失盗事件，最后以误会收了场。原来唐静雯的东西根本就没有丢，她妈妈打电话来说，那什么祖母绿项链还在家呢。

虽然误会解开了，唐静雯却没有一点的认错态度。

“是你自己鬼鬼祟祟的，怨不得别人误会。”

苏曼宁一嘟小嘴:“我只是饿了,然后刚好又看到那里有吃的……”

楚南洵忍不住白了她一眼：“你是乞丐吗？”

出了派出所后，来接楚南洵的车已经停在门口了。车上的沈梦汐笑着跟苏曼宁打了个招呼，苏曼宁也自来熟地扑了过去：“妹妹，又见面了啊……”

这一声妹妹，让所有人再次瞠目结舌，楚南洵都直接怀疑她脑袋的构造是不是跟正常人不一样。

“她不是你妹妹吗？”苏曼宁似乎没觉得哪里不对。

“那也是我妹妹！”楚南洵已经说不出今天是第几次情绪崩溃了，说完便开门上了车，想着尽快远离这个智障。

苏曼宁搞不懂楚南洵为什么生气，在她看来，谁的妹妹不是妹妹啊？她要是知道她的名字，也不至于这么叫啊，人家都跟你打招呼了，不回一下，那不是很不礼貌？

见车马上要开走，苏曼宁一个机灵，也跟着蹿进了车里，不仅吓了楚南洵一跳，还让正准备上车的唐静雯尴尬了。

小王开车，沈梦汐的经纪人坐在副驾驶，而后座已经坐了沈梦汐和楚南洵，苏曼宁挤进去后，自然就没有了唐静雯的位置。

“唐小姐，要不你在街边打个车吧？”恬不知耻的某人如是说道。

“你……”唐静雯气得想要发飙，但又碍于楚南洵在场，于是用楚楚可怜的眼神看向楚南洵，希望他可以为她说两句话。

“记得把东西给我快递过来……”楚南洵看都没看唐静雯一眼，“走！”

小王得令，启动车子离开了。

留下唐静雯在原地，流着宽面条眼泪……

他都没说把东西“还”给他，而是直接说了“快递”，难道就这么不想见她了吗？

坐在车上的苏曼宁自然不得消停。这辆车是沈梦汐的私人座驾，作为当红女明星，可想而知这车有多豪，明明已经坐了三个人，可后座看起来还是很宽敞。

“哇，这车好高级啊！”苏曼宁左顾右盼一副没见过世面的样子，说她是明星，还真没人相信。

沈梦汐在一旁偷笑，楚南洵则靠在椅背上，闭上眼假寐。

“不像我啊，有时候赶通告，还得自己去打车。如果这娱乐圈也分阶级，那我就属于无产阶级的那一种。”

“苏小姐真会开玩笑，要说无产阶级，我们才是名副其实呢！”司机小王有些耐不住寂寞了。他可是苏曼宁的铁粉，能跟自己的女神坐在一辆车里，他没激动之下丢方向盘已经很不错了。

“不是啊，王哥……”看到有人理她，苏曼宁立马把身子往前探，“这明星呢，外表光鲜靓丽，其实背地里不知道怎么惨呢！当然啦，我是说我这种三线小明星，公司就跟法西斯一样，我赚的大部分钱都被他们给拿走了……”

“哇，苏小姐，居然记得我的名字……”小王开始有些激动了。

“那当然了，我不是还给你签名了嘛。”

“那苏小姐一会儿能跟我合影一张吗？”

“没问题，想合影多少张都行。”

刚一答应，车子走了一个“S”形后猛地停下，正在打盹儿的楚南洵由于惯性往前一撞，鼻子刚好撞到苏曼宁的背，疼得他长嘶了一声。

“不好意思，楚先生，我……我有点激动了……”小王也是惊出了一身冷汗，这要是追尾了，光维修费都得赔死他。

最后的结果是，苏曼宁被直接丢下车，而且还是丢在一个连车都打不到的地方。

“大师！你妈没告诉你，随便乱丢东西的行为很不文明吗？”苏曼宁冲着慢慢远去的车尾大吼道。

3

第三章

Chapter

莫名的羁绊

“噗……”苏曼宁一口水喷了出来，“你说她是沈梦汐？”

“这楚南洵就一个表妹，不是她还能有谁？”Sunny一边敷着面膜一边看着手机里的娱乐新闻。

“怪不得她之前说带我去‘星艺大赏’呢……”苏曼宁说完往嘴巴里塞了把爆米花。

“什么？她说要带你去？”Sunny诈尸般坐立起来，脸上的面膜瞬间皱成了一团。

“对啊，可是我当时不知道她就是沈梦汐，所以谢绝了她……”

Sunny气得一把夺过她手里的爆米花：“吃吃吃，你知不知道，你的前途都快被你吃掉了……”

“不用担心啦，楚南洵答应我了，说把他的邀请函送给我了……”

Sunny扶额做头痛状，用手指戳了戳苏曼宁的额头：“你傻啊？邀请函上是有名字的，你以为送给你，你就能去啦？”

苏曼宁一听，一急，舌头被咬到了：“我去，敢情搞半天就是在敷衍我啊？”

Sunny把脸上的面膜撕下，捋平了再敷到脸上，往后一躺，叹了一口气："哎，我看我们还是另谋生路算了。"

毕竟笨这种病是无药可医的……

房间不大，一个上锁的柜子和一张原木长桌。长桌上有一盏台灯，白色的灯光很亮，把桌子上的各种宝石零件照得熠熠生辉，像是一颗颗闪烁着的星星。

楚南洵坐在桌子前，拿着工具，细心雕琢着手里的一块蜡。一般的珠宝设计师只负责设计图稿，但楚南洵会亲自雕刻蜡板。这一过程，是首饰制作中对手工艺要求最高的工序，只有做到零误差，最后宝石的镶嵌工作才能顺利完成。

楚南洵的设计理念融入了大量的中国文化，每一件珠宝都饱含着古风的神韵，而且做工极其精巧，深受各界人士的追捧和喜欢，特别是在娱乐圈，各种大腕明星都以佩戴楚南洵的首饰为荣，因为，除去漂亮外，还限量。

傲娇得视钱财如粪土的楚南洵，并不都是有求必应。

用他的话来说，设计是融入了自己热情和思想的产物，一旦追求功利，便就庸俗了。

尽管他每一件珠宝都价值不菲。

正在这时，楚南洵的手机响了起来，是老太太打过来的。

"喂……奶奶……"

与此同时，感觉受到欺骗的苏曼宁已经杀到了楚南洵家楼下。

“居然把人当猴耍，我今天就叫你见识见识什么叫作猴……”苏曼宁用大拇指擦了一下鼻头，气势汹汹地走了进去。

“哎……”

“大爷，你可别拦我了，今天就算是打地洞，我也要进去。”

“可是今天小楚他没在家啊……”

“咦？”

“好像是出去办事了……”

“……”

三天后。

当楚南洵拖着疲惫的身躯走出电梯回家时，被眼前的景象给吓了一大跳。他左右看了看，还以为是自己走错了地方。

地上全是食物垃圾不说，居然还躺着个人？

楚南洵皱着眉头走过去，用脚踢了踢不知道是不是还活着的生物：“喂……”

苏曼宁揉了揉惺忪睡眼，一看是楚南洵回来了，连忙从地上爬起来，也不知道是不是动作太过于生猛，站起来的瞬间，一阵眩晕感袭来，她便直直地朝楚南洵倒过去。

“快，扶我进去，我有点虚弱……”说完，她眼睛闭上了。

楚南洵被沈梦汐的一秒入戏给折腾惯了，所以一看到这种情况，身体就会不由自主地产生排斥反应，于是嫌恶地把人一推——

苏曼宁整个人便后仰了过去，最后头在后面的墙上撞出“咚”的一声，这下子彻底没声了……

苏曼宁醒过来的时候，已经是晚上了。她从硬邦邦的木制沙发上爬起来，往不是很亮的四周看了看，发现楚南洵就坐在旁边。

“奇怪，头怎么这么痛？”苏曼宁摸了摸脑袋，似乎是起了个包。她一脸费解地看向一旁的男人。楚南洵尴尬地避开了苏曼宁的眼神，端起茶杯故作淡定地抿了口茶。

“你又来找我干什么？”

不说还好，一说这事儿苏曼宁就有些气不打一处来。她从沙发上下来，也不管楚南洵的反应，便端起他的茶壶给自己倒了一杯水，喝的时候还烫了嘴。

“你这个骗子，怪不得让你给我邀请函时答应得那么爽快，搞半天是敷衍我啊？”苏曼宁说完从兜里掏出手机，翻出之前拍的照片，“你难道忘记了，你还有把柄在我手里呢！”

楚南洵本不是什么大众人物，可近几年他设计的珠宝在娱乐圈受欢迎，已经到了一宝难求的程度，所以，也受到了一些媒体的关注，只是他本人向来很少出现在公众视野，更是讨厌自己的私生活被曝光。

可能是没想到楚南洵会来抢手机，眨眼间，不设防的苏曼宁便发现手里空了，然后眼睁睁地看着楚南洵，一张一张地把照片给删掉了。

等楚南洵把手机还回去的时候，发现苏曼宁哭了，眼泪像一颗颗珠子似的往下掉，被泪水盈湿的眼睛，如孩童般晶莹透亮。她像在极力隐忍自己的情绪，咬住的嘴唇开始微微颤抖。

真是一副楚楚可怜，我见犹怜的样子。

“你不是说你的照片有备份的吗？”楚南洵不是没见过女人哭，可不知道为什么，看到这个女人的眼泪，竟让他觉得自己犯了多大的错似的。

“没有！”苏曼宁冲他大喊了一声后，抢过手机跑出去了。为了等他回来，她在门口守了三天三夜，人都虚弱得犯晕了，没想到这人不但不认账，还反过来欺负人，她真是委屈到快变形了。

看着跑开的身影，楚南洵悬在空中的手久久没有放下来，嘿，自己做错事，居然还有理了？

回到公寓后，苏曼宁抱住 Sunny 伤伤心心地哭了一场，说是长这么大，第一次被人欺负成这样，然后又抱怨当明星太累，不仅连饭都吃不饱，还跪地求人被看不起，总之该吐槽的一个也没落下。

半个小时后，苏曼宁两只眼睛红得像兔子。

“哭够了吗？”Sunny 把抽纸盒里最后一张纸递过去。

苏曼宁点了点头，咕哝道：“有吃的吗？”

Sunny 白了一眼这没出息的家伙，叹气道：“虽然没有星艺的邀请函，但也不是没有其他办法……”

“什么办法？”苏曼宁擤了下鼻涕，侧过脸问道。

Sunny 用手指勾了勾，苏曼宁便把脑袋靠了过去，虽然不明白，明明只有两个人，为什么还要说悄悄话。

“这样也行？”她问。

“老板说过去参加，又没说一定要用什么身份去……”

“那既然事情解决了，有没有牛排吃啊？”

“好啊，我请客，你买单！”

苏曼宁气得白眼一翻：“Sunny你个小气鬼！”

苏曼宁想着反正去了“星艺大赏”后，就有通告接了，所以头皮一硬，便答应请客了，可是转身四处一找，才发现包包不见了。

好像是落在楚南洵家里了……

因为关系到自己的晚餐质量，所以即便是很晚了，苏曼宁也要先去楚南洵那里把包给拿回来，不过，之前那么泪奔而逃，现在返回去，貌似有些丢脸呢！

所以，当苏曼宁站在楚南洵家门口来回踱步想怎么开口时，唐静雯突然出现了。

“你怎么在这里？”唐静雯貌似很惊讶。

苏曼宁尴尬地笑了两声：“我……我当然在这里啊，我是大师的……小助理嘛！”

唐静雯抬腕看了看手表，皱眉道：“现在已经九点了，你还不下班？”

“啊，下了下了，正准备回去呢，可是，包忘拿了……”苏曼宁说完就往门上敲了两下。得，什么开场白都不用想了，反正也不是第一次丢脸了。

门开了，不过只开了一条缝儿，还没等苏曼宁说什么，便从里面伸出了一只手，而手里拿的刚好就是她的包。

嗬，已经到了见都不想见她的地步了吗？苏曼宁忍不住哼了一声，不过这样也好，省去了很多麻烦。

“洵，我是雯雯，我来还你东西的。”苏曼宁正准备伸手拿包的时候，唐静雯开了口。

楚南洵可能是没料到还有其他人，拿着包的手一缩，苏曼宁便抓了个空。这时，门全打开了。

楚南洵一脸倦容地杵在门口，他很高，嗯，差不多快到门框顶了。

他有些不耐烦地朝唐静雯伸出了手，意思就是“你快还给我，还给我后快点走”。

苏曼宁可不想掺和他们的事，可抓住了包带后，楚南洵却不松手。

“我们能聊聊吗？”唐静雯又再次开口。

“没空！”楚南洵想也没想就拒绝了。

唐静雯看了一眼旁边的苏曼宁，反问道：“你助理都下班了，还有什么要忙的？”

“我想起来了，还有工作没做完呢！”楚南洵顺势把包往里一拉，抓着包的苏曼宁便被拽进了屋，“加班！”这两个字是冲苏曼宁说的。

苏曼宁瞪大眼睛用手指指着自己，还没等她说出“什么鬼”三个字，门“哐”的一声关上了。

唐静雯就这样被硬生生地“灌”了一碗闭门羹。

这人怎么就这么讨厌呢？对待女人一点都不温柔。真搞不明白，这样子的男人，失去就失去了，还来挽回什么？找虐吗？

“喂，好歹是前女友，做不成恋人，做个朋友也好啊，有必要这么嫉恶如仇吗？”苏曼宁看不惯地说。

“闭嘴！”楚南洵随口说了句后，便朝里屋走了。

苏曼宁本想开门离开的，可无奈门口那女人一直不走，要不是因为她说谎在先，她才懒得陪他演这场戏呢！

饿得肚子咕咕叫时，突然闻到了泡面的味道，循着味道找到了厨房，看到楚南洵拿着叉子正扒拉着面往嘴里送，苏曼宁不由得咽了咽口水。

“哇，大师，你生活够节俭的啊，晚餐一碗泡面就解决了？”

楚南洵没打算理她，就在嘴巴快要碰到面条时，碗突然不见了。

“让你见识一下，美味泡面的终极吃法……”苏曼宁得意地说。

“还给我……”楚南洵拿着叉子的手还悬在半空，那表情好像苏曼宁不把泡面还回去，他就会冲上去咬她一口似的。

“等一下啊，你绝对不会后悔的。”可苏曼宁这厮好像看不懂他的脸色似的。

只见她把泡面拿到灶台前，又是架锅，又是加水的，还自作主张地去冰箱找出了一颗鸡蛋，动作行云流水般。在楚南洵一个发愣之后，一碗“重生”的泡面出现在了他的跟前。

“尝尝看？”苏曼宁眼神放光，满脸期待地看着楚南洵。

楚南洵垂头看了一眼，的确跟原来的泡面不一样了，有绿色的蔬菜，中间还卧了一个溏心蛋，跟原来的比，看起来是要美味得多。

吃了一口后，楚南洵的表情微微起了一丝变化，可稍纵即逝。对他来说，泡面就是泡面，泡也好，煮也罢，吃进肚子里都一样。

“好吃吧？”苏曼宁嘚瑟地问。

楚南洵不理会。

苏曼宁继续嘚瑟：“知道吗？会做会吃还长得漂亮的，才有资格叫吃货，像你这种，叫作饭桶！”

这话一出，楚南洵一口面喷了出来，那形象，真是要有多生动就有多生动。

意思是说他不会做不会吃，还长得丑喽？

楚南洵气得想一个泡面碗给她扣过去的时候，苏曼宁突然把包包里的所有东西都给抖了出来。

“虽然你是大师，但我们毕竟也不是很熟，所以，我也得检查一下我包里有没有丢东西！”

所以，还在怀疑他的人格喽？

楚南洵噌地从座位上坐起来，有点控制不住地想要一巴掌扇过去——这世上怎么会有这么讨打的人呢？

可是就在要发脾气的时候，从她包包里掉出来的东西一下子吸引了他的注意力，是一个手工缝制的小袋子，虽然有些陈旧了，但做工精致。

“你这是从哪儿来的？”楚南洵拿过小袋子质问道。

苏曼宁着急地一把夺过来，然后打开包口往里看了看，见东西还在，松了一口气。

“这是我的幸运物……”楚南洵再次抢过袋子，然后从里面拿出了一条项链。它的设计很是独特，整条链条采用的是18K的玫瑰金，吊坠看起来像两个戒指交叉在一起，但从正面看，就是一个心形，朝外面的一侧上镶嵌了一颗红宝石，内侧镌刻着字母——“Soulmate”。

“从哪儿偷的？”楚南洵突然黑着脸，表情前所未有的严肃。

“偷？”苏曼宁有些气不过，“楚南洵，这可是你第二次冤枉我是小偷了……”

“那你解释看看，从哪儿得到这个的？”

“我……”苏曼宁顿住了，“我想不起来了……我只知道我好像晕倒了，醒来的时候，身边就有这个东西了。”

“啧……还真是会编会演！”楚南洵明显是不相信，那眼神几乎就是认定苏曼宁是小偷了，要是手机现在在他手边的话，他估计已经忍不住要拨打报警电话了。

“我没骗你，当时我伤到了脑袋，连自己叫什么都不记得了，怎么可能会知道这个东西是从哪里来的。”苏曼宁急了。目前这个状况，她的这番话，的确是没有什么说服力。

“这是辰南大师为他心爱的女人设计的一款项链，全世界就只有这一条。”

“辰南大师？没听过……”要是哪位厨师的名字，她兴许还会有所耳闻。

“楚辰南，我爸……”

“哦，原来你爸也是大师啊……啊，不对，这是你爸的？送给心爱的女人？难道是送给你妈的定情信物？”

真是难得，能一次就理解了。

对峙了半小时后，苏曼宁把楚南洵的手机还了回去。

“我把手机还给你，但你千万不要报警抓我。虽然八岁以前的事情我都不记得了，但我绝对不是什么小偷，不然，这项链早就已经在别人手里了。”

可楚南洵似乎根本不想听这样的解释，拿到手机就开始拨号。苏曼宁瞬间急了，直接生扑了过去，可由于身高不够，手机没够着，倒把人给扑倒在地上了，而且落地姿势独特，苏曼宁的整个胸压在了楚南洵的脸上。

窒息感扑面而来。

……

最后的结果很直接，项链被楚南洵没收，然后苏曼宁被直接丢到了门外。

“喂，讲道理，事情没查清楚之前，你没有资格没收我的东西。再说了,我怎么知道你是不是在骗我？”苏曼宁冲着紧闭的房门大喊道。

两分钟后，门开了，楚南洵拿着他爸曾经的设计图纸展示在苏曼宁面前。

“就算是真的，那也不能代表是我偷的，你不能平白无故地冤枉好人。”

“你是想要警察把你抓走，还是救护人员来把你抬走？”楚南洵的忍耐力已经到了极限。

苏曼宁自知惹不起这种人，摸了摸还有些疼的脑袋，委屈地撇了撇嘴，真是得不偿失。

早知道就不拿出来了。

桌上的泡面已经凉了，楚南洵拿着笔在本子上画着设计稿，但明显，现在的他有些心浮气躁，把笔甩向了一边，看着那条项链，皱起了眉头。

盯了半晌后，又拿过一旁的平板电脑，在搜索栏中输入了"苏曼宁"三个字，然后找到了二十万条的相关结果。

苏曼宁，二十岁，身高 162cm，体重 45kg，三围……

一看到这个，楚南洵便想到之前被胸压脸那事，脸一红，跳过往下划。

十六岁参加大胃王比赛，被经纪人相中，然后走上了歌手之路……

啧，还真是各种不搭。

因长相清纯、歌声甜美，被网友们评为灵魂歌姬、宅男女神……

"啪！"

楚南洵把平板电脑往旁边一丢，这个女人，还真是分分钟让他想要报警。

不过随意一瞥，好像看到了一句——无父无母，身世成谜。

楚南洵连忙把平板电脑又拿了回来，搜索"苏曼宁身世"，然后跳出来一个采访视频。

“我八岁的时候好像是受伤了，倒在河边的山坡上，醒来的时候，便什么都不记得了，父母、朋友，甚至自己的名字……”

“那后来呢？”

“我去了警察局，可警察也没办法，只做了个登记，让我等结果。后来，我便被送到了福利院，一直到十六岁……”

“那是你出道那年……”

“嗯，因为我在福利院太调皮了，所以没人收养我，只有一个匿名的叔叔，经常会寄一些东西给我。再后来，我离院出走了，决定自力更生，然后就碰到了我的经纪人……”

看到这里，楚南洵便没往下看了，手托着下巴，陷入了沉思。

看来，失忆这件事的确存在，而她口里的那个叔叔，会是他的父亲吗？还有，项链为什么会在她的手里？

太多太多的疑问充斥在楚南洵的脑子里……

一片荒芜的草地，四周一个人都没有，苏曼宁站在中间，有种茫然无措的感觉，不知道去哪儿。风吹草低，凉意阵阵，而在这一刻，天突然黑了下来，逼仄的乌云压得人喘不过气。

苏曼宁蹲下身子，捂着胸大口地喘着气，想要呼救，却又一个字也吐不出来。正在这时，四周突然来了很多黑衣人，他们手里拿着刀，呼啸狰狞的脸庞犹如一个个鬼魅，她从地上爬起来，拼命地往前跑，一直跑，一直跑到退无可退的悬崖边……

“鬼魅”们一步步地朝她接近，她害怕得浑身发抖，后退时，脚下一滑，整个身子便往后仰了过去，然后便是让人恐惧的失重感……

“啊……”苏曼宁从床上弹坐了起来，拿过床头的水咕咚咕咚喝了几大口后，才慢慢平静下来。

这个噩梦已经很多年没做过了，怎么突然又来了？难道是幸运物被别人拿走了？

“不行，我得去找点吃的压压惊……”

去到客厅的时候，苏曼宁被还在沙发看电脑的Sunny吓了一大跳。

“我……我只是起来，喝……喝水的。”苏曼宁以为Sunny是为了监督她不乱吃东西才不睡的。

“从今天起，水也不准喝了……”

“为什么？”

“晚上喝水，早上起来脸会肿。”

“不是已经没通告接了吗？肿没肿有什么关系？”

Sunny把电脑转向苏曼宁，揉了揉自己的太阳穴：“最近有个大IP的古装电影《琉璃醉》，我为你争取到了女三的面试机会，当然，先得通过老板这一关……”

“听起来好像蛮厉害的，不过我能先吃点东西吗？有点……饿！”

一个栗暴敲在苏曼宁的脑门儿上，Sunny狠戾道：“离开机还有一个月，你不仅不能吃，还得给我瘦十斤！争取美过女一号，你才有机会出头，明不明白？”

苏曼宁努了努嘴，委屈道：“不明白……”

4

第四章

Chapter

星艺大赏

“星艺大赏”是一年一度的大型影视主题盛会，各方大牌明星聚集在一起，可谓是星光璀璨，不过要在一众明星中引起别人的注意，除了自身的名气外，便是这走红毯了。

男明星稍微还好，女明星简直就像到了选美大赛一样，各种争奇斗艳，让媒体记者们看得是眼花缭乱、应接不暇。

夜晚已经开始慢慢地拉下帷幕，各路大牌明星也已经陆陆续续到场了。粉丝们的尖叫、摄影师们的长枪短炮，以及媒体记者的各种提问和喧嚣，形成了一个小小的包围圈，若是没见过世面的，一定会被这样的阵仗给吓到。

然而大明星就是大明星，自带光环的他们张扬着自信的笑容，面对刺眼的闪光灯和嘈杂的喧嚣声依旧保持着从容不迫。红毯的距离不是很长，上了台阶后，有一面广告墙，每个明星都会在墙上签上自己的名字，然后和站在那里的“星艺宝宝”合影留恋。

沈梦汐作为一线女明星，自然是有参加这次盛会。今天的她盛装打扮，女神范儿十足，本来挺大大咧咧的，此时却显得典雅庄重，举手投足间，尽显女人味。

苏曼宁透过出气孔看过去时，眼睛也不由得有些直了，有种恨不得用手指戳瞎自己眼睛的冲动——当初有眼不识泰山，也活该今天只能装在玩偶装里。不过能和各路大牌合影留恋，也是让人忍不住有些小激动呢！

沈梦汐在接“星艺宝宝”手里的签名笔时，苏曼宁故意没松手，沈梦汐茫然地眨了眨眼。

“妹妹，是我啊！”苏曼宁小声打了个招呼。

沈梦汐皱了皱眉，有些没反应过来，想要透过透气孔看看是谁，可无奈洞口太小。

正在这时，楚南洵朝这边走了过来。

苏曼宁忍不住哼了一声：“这个大骗子，不是说不来的吗？”

这一声嘀咕，被沈梦汐给听到了。她眼珠子一转，似乎是想起了什么，嘴角上扬露出一个意味深长的笑容。

“星艺宝宝”是“星艺大赏”的吉祥物，胖乎乎的，看起来又萌又可爱，不过对于穿着它的人来说，却是又闷热又笨重。苏曼宁为了今后的伙食能有保障，还真是什么都愿意干。

见楚南洵走近，苏曼宁虽然有些不情愿，但还是要把笔给递过去，可是刚一迈步，就被什么东西给绊了一下，然后，便整个人往前扑了过去。玩偶装的厚重倒不会让她摔痛，但是“宝宝”的头却往前滚了出去……

趴在地上的苏曼宁感觉整个世界都静止了般……

完蛋了，Sunny说，要往一线的男明星身上扑才会引起媒体的关注，这毫无预兆的一摔，不仅丢了脸，估计连饭碗都丢了……

因为闷热，苏曼宁的头发有些汗湿了，刘海贴在额前，而又因为“圆圆”的身体，此时的她根本没办法自己爬起来。一边是看好戏的楚南洵，一边是疯狂拍照的媒体，苏曼宁突然特别想哭。

“还真是阴魂不散！”楚南洵蹲下身子，轻声说了句。

这时，沈梦汐连忙走过来凑热闹：“啊，对不起，对不起，刚刚是我不小心绊着你了……”说完便伸手去扶。可无奈太重，沈梦汐拽了半天，苏曼宁还在原地，于是沈梦汐眼神示意一旁的楚南洵。

毕竟是在公共场合，楚南洵也不想因此成为媒体关注的焦点，于是帮苏曼宁站了起来，然后还“好心”地去帮她捡了“头”。将“头”套回苏曼宁的头上之前，楚南洵用手指拨开了她额前沾着的头发，露出了暖男的招牌笑容，然后靠近她耳边说了句什么后，便长腿一迈离开了。

这在外人看来极其暧昧的动作，可对苏曼宁来说，却是瘆得慌，什么“一会儿别走”？这威胁的语气，怎么？抢东西还不够，还想要约架啊？

“好久不见，甚是想念啊……”沈梦汐拿着笔直接在苏曼宁的“头”上签名，那恶作剧得逞后的笑容，真是极其灿烂啊！

沈梦汐这一举动，让后面的明星全都跟风似的往苏曼宁身上签名，没一会儿工夫，“星艺宝宝”便成了大花脸，真是又滑稽又可爱。

苏曼宁耷拉着肩膀，一副丧气的模样叹了口气。

你们这家人怎么都这么没素质啊？一个喜欢随便乱扔东西，一个喜欢拿笔乱涂乱画。

“星艺大赏”进行得如火如荼，换掉玩偶装的苏曼宁突然被莫名其妙地拉到后台做后勤。

忙着搬了一通的道具后，苏曼宁累得满头大汗，此时正坐在角落里玩着手机。

“下面我们有请青年珠宝设计师，知名 Fashion 杂志主编以及美学督导楚南洵为我们颁发接下来的奖项……”

今天的楚南洵无疑是出众的，平时那乱糟糟的头发，今天梳得是一丝不苟。一身黑色的不规则西装穿在拥有模特身材的楚南洵身上显得很有设计感，领结上贴了闪亮的碎钻，还有胸口的别针，也是独具创意。

楚南洵走到话筒前，一开口才发现话筒没有声音，于是移到另一边，还是没有声音。

因为是直播，这样的状况一出，后台的工作人员立马就慌了，随手拿了个话筒就递到苏曼宁的跟前：“快，把话筒送上去！”

苏曼宁被吓一跳，想要把手机放口袋，却发现这破衣服没有口袋，于是一只手拿手机，一只手拿着话筒，便急匆匆地跑上了台。

楚南洵倒是淡定，自己看了看话筒，然后随便倒腾了一下，好像能出声了，而正在此时，慌里慌张的苏曼宁把自己的手机给递了过来。

“三带二！”

话筒里突然传来了手机里的声音，然后全场响起了轰鸣般的笑声和议论声。苏曼宁这才意识到自己递错了手，羞窘到不行的时候，抬眼一看，才发现面前是楚南洵。

“大师……”苏曼宁不自觉地说出了这两个字，因为离话筒近，所以全场也都听到了。

天啦，这可是演出事故啊？苏曼宁这次铁定完蛋了……顿时眼泪都快出来了。

而正在这时，楚南洵把手搭在了苏曼宁的肩上，露出了轻松愉快的笑容。

“感谢我的小助理，刚才的表演，非常成功！”

此话一出，全场哑然，成功地把所有人的注意力都牵引到了他们身上。

“这跟我接下来要颁发的奖项很有关系，人生中总是会出现各种各样的意外，有些意外是难过的，有些意外是惊喜的，但是有些意外却是命中注定的，就像电影《意外中的爱情》……”

此话一出，全场哗然，不用想也知道，这最佳女主角的奖项便是出自这部电影。

“我很高兴作为颁奖人给我的表妹颁奖，这个意外的小插曲，希望没有吓到大家……”

“王炸！”此时，手机里的声音再次传了出来。

全场再一次哄堂大笑，楚南洵笑着看向已经傻了的苏曼宁，抬起手温柔地摸了摸她的头。

这一摸，本就僵了的苏曼宁整个脑袋都炸了，耳朵里嗡嗡嗡响个不停，以至于什么都听不见了，眼里只有那个对她笑得一脸温柔的楚南洵。

第二天，当铺天盖地的新闻席卷了各大媒体的头版头条时，苏曼宁居然在自己喜欢的火锅面前发着呆，这让 Sunny 感受到了前所未有的惊悚。

“喂，牛肉可被我吃光了啊……”

“哦……”苏曼宁继续拿着筷子戳着碗里无辜的豆腐块。

“吃了这一顿，以后可指不定什么时候能吃火锅了啊……”

“没关系……”苏曼宁戳着戳着还笑了。

Suuny 一身恶寒，这不是他小曼宁的画风啊！

“食物中毒啦？”Sunny 用筷子在苏曼宁眼前晃了晃。

苏曼宁这才晃过神来，她一把抓住 Sunny 的手，激动地说道：“Sunny，我要恋爱了！”

Sunny 被吓得娇躯一震：“纳尼（什么）？”

“我决定了，我要开始追求楚南洵，成为他的女朋友！”

Sunny 嘴角抽了抽，这脸皮已经厚到进阶了吗？

“火锅和楚南洵，你选一个？”

“楚南洵！”苏曼宁果断地答道。

我的乖乖，誓要与火锅共存亡的苏曼宁，这是要“以死明志”啊？

自从这个头条新闻发出后，楚南洵就人间蒸发了，而新闻还在持续发酵，苏曼宁也得到了一个响亮的称号——“王炸女孩”！

新闻之所以有这种热度，全靠楚南洵。他低调，本就很少出现在公众场合，更别说在台上那么得心应手地处理直播事故。还有，一个让人始于才华，陷于颜值的男人，他的出现本身就是一场小风暴了，还别说当晚是给国民女神沈梦汐颁奖了。

惹出这么大的新闻，就免不了各种隐私被深挖。后悔抛头露面的楚南洵，自然是藏起来了。

受这件事影响的，自然还有女主角苏曼宁。这“王炸女孩”的标签可比之前那些“宅男女神”“灵魂歌姬”响亮多了。这出乎意料的走红，不仅让公司重新“收留”了她，还各种通告接不停。

“你说这楚南洵躲哪里去了，我都在他家守了半个多月了……”苏曼宁刚拍完海报，坐在镜子前卸妆，Sunny还在一旁不停地接打电话。

“你还好意思说，都快忙得飞起来了，你还有时间去蹲点！”Sunny打电话的间隙插了一句。

“Sunny，不如中午我们就吃泡面吧！吃完我想再过去看看！”

“不是，乖乖，亏心亏钱绝不亏嘴，这句话是谁说的？”

“泡面可好吃了！”苏曼宁眨巴着眼卖着萌。

“不行，一会儿陪我去跟导演吃饭。”

“这些应酬你不是不要我去吗？”

Sunny：“……”

最后的结果是，在去吃饭的路上，苏曼宁趁着Sunny在车上打盹儿的间隙，悄悄地叫司机停了车，然后溜去了楚南洵的住所。

“哟，小苏啊，你又来了！”门口的大爷笑眯眯的。

“怎么样？楚南洵回来了吗？”

大爷摇了摇头，苏曼宁立马又跟泄了气的气球似的垂下了头。

“不过，刚才沈小姐进去了……”

苏曼宁又立马原地复活，来不及说感谢，便往里冲了去。

时间刚好，在电梯门口碰到正要下去的沈梦汐。

“妹……啊不，梦汐姐，好久不见……”

“来找我哥的？”沈梦汐一语点破。

苏曼宁点头如捣蒜。

之前还好好的天气，此时居然乌云满布。夏天的天气就是这样任性，这暴雨来得真是让人毫无准备。

但尽管外面风雨大作，此时在屋里却听不到丝毫动静。楚南洵拿着笔在纸上唰唰画着设计图，外面明明是大白天，他却总是喜欢把自己关在黑漆漆的房间，然后开一盏台灯，似乎黑夜的包裹，能让他更有创作的灵感。

正在此时，桌上的手机响了，是沈梦汐打过来的。楚南洵接起电话，一个字都没说，听完便挂断了电话，然后起身出了房间。

开门的瞬间，一阵凉风袭来。楚南洵抬起头看了看天，这才知道下了这么大的雨。

老房子是四合院型的，从内屋走到门口，需要一些时间，而整个宅子就他一个人，所以，没听到敲门声也情有可原。

门开了，站在门口的苏曼宁立马露出了灿烂的笑容，因为没有带伞，所以整个人都被淋湿了，头发、衣服都在滴着水，整个人就像是洗过的瓷娃娃，干净又清亮。

苏曼宁把怀里一大包东西递到楚南洵的跟前，眼睛青黑如黑曜石般："你放心，大师，你的东西一点也没湿！"说完还忍不住打了个喷嚏。

楚南洵已经懒得询问她为什么会出现在这里了，身子一侧："进来吧！"

苏曼宁像是得到了莫大的恩惠一样，高兴得像只小兔子。准备进门的时候，她没发现有门槛，于是被绊了一下，在快要摔倒的时候，被楚南洵的大手及时给抓住。

"小心点！"

苏曼宁转过头，看着楚南洵那张关切的脸，这半个月来没有见到他而产生的烦闷，顷刻间都消失了。

"别摔着我的东西！"

苏曼宁："……"

没关系没关系，单恋的时候，被喜欢的一方给忽略，是很正常的现象。

苏曼宁这么安慰着自己。

外面的雨还在不停地下着，雨滴敲打着青石路面和砖瓦的声音，清脆丁零的，像是在演奏某种乐器。苏曼宁换上了楚南洵给她找的干衣服，是一件复古的碎花旗袍，是沈梦汐以前住在这里时留下的衣服。

苏曼宁的个子虽然不高，身材却很不错。这件旗袍，沈梦汐穿上去有大家小姐的风范，可苏曼宁穿上，却有着女孩子的玲珑曲线。她坐在竹椅上，拿着毛巾擦着湿漉漉的头发。

"哇，大师就是大师啊，这样的房子，在小说里，就是给你们这种隐于世的大师住的，嗯……就像是诸葛亮……"

楚南洵倒了一杯热茶放在苏曼宁旁边的小桌子上："既然来了，就多住几日吧！"

苏曼宁整个人一僵，机械般地转过头看向楚南洵，也不知道在想些什么，刚刚还白皙的脸上，忽然就蹿上了两团晕红。

"你不是我的助理吗？"

苏曼宁眨巴眨巴眼，不管三七二十一，便点了点头。

"最近我很忙，正是需要你的时候……"

"好好好！端茶、送水、按摩、暖床，大师您尽管吩咐……"

楚南洵："……"

刚刚说的话，能不能收回？

楚南洵很少会有这么忙的时候，一般情况下，也不会接量大的工作，可无奈别人是通过老太太来找到他帮忙的。谁都可以拒绝，只有奶奶的请求，楚南洵没办法说不。

之所以说量大，是因为接下的是整个剧组。一场清宫大戏，楚南洵要负责主角们的主要配饰，时间还只有一个月。

“呀，我知道这个电影，叫什么醉来着，女主角就是梦汐姐啊！之前我的经纪人就跟我说起过，我也去面试过女三呢！”

楚南洵低头一直画着自己的设计图，本来安静的创作环境，自己却招来了一只麻雀，可无奈现在也找不到其他帮手，所以将就着用几日吧！

“所以，我现在要做些什么呢？”她又问。

楚南洵指了指一旁的盒子：“你去把那些整理好。记住，用手整理，而不是嘴……”

苏曼宁抿着唇点了点头，抱着那盒子便去到了一边的长桌上。虽然答应不再说话，但收拾的时候，因为好奇那些从来都没见到过的东西，所以忍不住小声嘀咕，“哇”“咦”“啊”之类的感叹词用了不少。

楚南洵多多少少会被影响，有时候会不自觉地看向苏曼宁。就像此时，他手托着头，看着苏曼宁忙碌的身影怔愣出神，以至于苏曼宁忙完转身的时候，对上他的视线时，心跳突然就漏跳了一拍。

天啦，他刚才一直这样盯着她吗？

就在苏曼宁心猿意马的时候，楚南洵放下了他手里的笔，起身来到了苏曼宁的旁边。这个人生来就有种黑社会老大的气质，吓得苏曼宁往后退了一步，腰刚好抵在桌沿。

楚南洵抬手拨了拨苏曼宁额前的刘海，然后又摸了摸她后脑勺的头发，头发还没全干，划过手心时感觉还有些凉凉的。楚南洵一把抓住她后脑勺的头发，另一只手一伸，从她鬓角出捋出两缕耳发，然后把后面的头发，在手上一绕，借助发夹，没一会儿，便绾出了一个发髻。

楚南洵一把抓着头发，另一只手去拿苏曼宁身后的首饰，所以，苏曼宁整个人是被他包围起来的。本来就心跳破表了，这样子暧昧的姿势，让苏曼宁脸红得都快冒烟了。

楚南洵拿了一支发簪，往她发髻上一插，然后往后退了小半步，托着下巴看了眼后，又上前准备把苏曼宁的耳环取下来。苏曼宁不知道他在干什么，下意识地躲开了。

“别动！”楚南洵皱着眉，有些命令的口气。

苏曼宁轻轻“哦”了一声，乖得像只兔子。

房门是打开着的，凉爽的微风穿堂而过，外面的雨声淅淅沥沥，屋内茶几上，还煮着一壶清茶，冒着袅袅的轻烟。而楚南洵的手，温暖而又带着点男人的粗糙，触碰到苏曼宁的耳垂时，像是一块烙铁般，滚烫滚烫的……

“心似相思网，中有千千结……”

楚南洵为苏曼宁戴上了新的耳坠，是一个小小的爱心绳结，中间串了一颗墨绿色的和田玉石，绳结的外围还有一朵用贝壳制作的白色梅花，梅花下面则是红线捆绑的流苏，与苏曼宁穿的这一身旗袍，显得很搭。

“什么？”苏曼宁明显是有些听不懂，她想用手去摸摸耳朵上的耳坠，却不小心碰到了楚南洵的手，吓得立马往回一缩。

楚南洵倒没觉得有什么，他取下苏曼宁的耳坠后，便随手丢到了垃圾桶，头上的发簪也没逃过这种命运。

“这么好的东西，为什么要丢？”苏曼宁吃惊地问道。

“被人戴过了的东西，谁还会要？”

“那你可以送给我啊！”

“我不想！”

苏曼宁的心“咔嚓”一声碎成两半，他这意思就是，宁愿丢掉，也不愿送给她吗？

“那我买总行了吧？”她气哼哼地说。

“不卖！”

好吧好吧！看在我喜欢你的份上，就不拿刀捅你了！

这四合院是楚家的老宅，老太太以前就住在这里，但近几年她身体不是很好，便被楚南洵的叔叔接去他那里住了，而空着的老宅，楚南洵偶尔会回来住住。这次楚南洵来这里住，一是为了躲那些烦人的媒体记者，二则是可以在这里安心地完成接下来的工作。

之前还信心满满的，不过苏曼宁来了后，心静如水的楚南洵也难免会被惹得心浮气躁。

特别是看到自己已经丢了的东西，又重新地回到苏曼宁的身上时。

“你是乞丐吗？”他不悦地说。

苏曼宁呵呵笑得爽朗：“既然你都不要了，那谁捡到就是谁的啊！”说完，她还用手摸了摸头上的发簪，貌似很满意。

“啊，对了，说不定我的那个幸运物，就是我捡来的呢！”苏曼宁一整天都在找那项链，她把她最近所有的倒霉事儿都归结于幸运物不见了。

见楚南洵依旧不理她，她突然凑到他跟前："你小的时候没听过吗？捡的不是买的，当官取不回的？"

楚南洵抬起头，瞪了一眼苏曼宁，苏曼宁便立马闭嘴了。

"小气鬼！"苏曼宁咕哝了一句，然后便去帮忙整理剧组送来的戏服了。

什么样的衣服搭配什么样的首饰，楚南洵向来做事细心又谨慎，本来发图片就能解决的事情，他硬是要求剧组把衣服全都拿过来。

整整一车啊！

等苏曼宁把所有的衣服都挂在横杆上后，已经临近黄昏了。她蹦跳着想要去楚南洵那里邀功的时候，发现楚南洵居然比她更累，已经趴在桌子上睡了。

乖乖，这费脑的的确比费力的更容易累啊。

苏曼宁放轻了脚步慢慢地靠近，然后悄悄地在桌子的对面坐了下来，趴在桌面上，眨巴着大眼睛，肆无忌惮地欣赏他的美颜。

他的手里还握着一支铅笔，指关节的地方沾上了一些铅色。虽然大多数的首饰他都是自己亲力亲为地打版，但是手却不会太过粗糙，白皙细长，指节分明，很是好看。

他的头发好像永远都是乱糟糟的，却是乱得好看的那一种，乌黑茂密，层次分明，与他白皙的皮肤形成鲜明的对比。还有，他眉毛有些粗，眉骨有些高，睫毛有些长有些翘，鼻子有些挺，嘴巴有些薄，总而言之，言而总之，情人眼里出西施，怎么看都好看呢！

收回之前说他丑的话！哈哈……

她苏曼宁喜欢的男人，必须得是倾国倾城，因为跟别人介绍的时候，得多骄傲啊！

可惜 Sunny 说，她才二十岁，不适合谈恋爱，而且现在是事业的上升期，不能传出绯闻，所以，再忍忍，再过不久，他就是她苏曼宁的男人啦！

真是想想都有些激动呢！

要是手机没落在来时的车上，真想咔嚓咔嚓给他照几张，做屏保，做头像，做来电显示，做开机动画……

5

第五章

Chapter

没有惊喜的告白

天渐渐黑了，楚南洵是被某人的呼吸给弄醒的，脸上忽冷忽热，还有些痒痒的。

一睁开眼，吓一跳，这女人什么时候趴在他旁边睡着了？

不过，这倒是第一次这么近距离看她的睡颜，皮肤白白的，睫毛长长的，两条眉毛就像两只毛毛虫一样趴在眉骨上，嘴巴因为压迫，嘟哝得老高，鼻翼微微颤动，呼吸均匀又平稳。

不说话的时候，倒是挺乖巧的。

不过口水流到他的设计稿上了……

楚南洵嫌恶地皱了皱眉头，用手在桌子上敲了两下。苏曼宁一惊，上半身弹了起来，习惯性地擦了擦嘴角："咦，大师，你醒了啊？"

因为是趴在设计稿上睡的，苏曼宁的脸也给蹭黑了，那睡眼惺忪的迷糊样儿，宛若一个不经事的调皮孩子。

此时的楚南洵真的很想把那张毁了的设计稿捏成球，塞到眼前这女人的嘴里，然后逼着她吃下去！

真是分分钟有把人逼疯的本事。

“你不是又能吃又能做的吃货吗？现在到你大显身手的时候了……”

“你晚上想吃泡面？”

“什么意思？”

“我只会煮泡面啊……”

楚南洵：“……”

就这样，还好意思瞧不起别人……

最后的结果就是，桌子面前，一碗牛肉味的，一碗泡椒味的，冒着热腾腾的气，整个屋子都飘着浓郁的味儿……

“大师，说真的，泡面吃多了会变笨的。”

没钱吃好吃的，那可以理解，可明明已经达到了想吃什么都可以吃的境界，却如此亏自己的胃，这在苏曼宁看来，是极度不能理解的。

“有没有人告诉你，熬夜也会变笨？”楚南洵边吃着泡面边问道。

苏曼宁捣蒜式地点了点头，愣了一秒，突然明白什么，反问道：“难道一会儿要加班？”

楚南洵把碗里的卤蛋夹到苏曼宁的碗里，淡淡地说了三个字：“加班费！”

原以为这丫头肯定会各种抗议埋怨，谁知道她却高兴得手舞足蹈。楚南洵不舒服地扯了扯嘴角，难道泡面里，除了防腐剂，还有兴奋剂？

他自然不知道苏曼宁在乐什么——孤男寡女的，共处一室不说，居然还要一起熬夜加班，要知道，很多关系，一夜之间，就会突飞猛进的，真是想想都让人心跳脸红。

还有这颗卤蛋，味道真是好极了……

白天的暴雨过后，晚上星空郎朗，还挂着一轮明亮的弯月，有些许的凉风，伴着窸窣的蟋蟀叫声，算是一个静谧又美好的夜晚。

苏曼宁被叫去换戏服，说是穿上身后，能更好地激发灵感。可是苏曼宁进去了半天，都不见人出来，楚南洵有些不耐烦地去敲了敲门。

“你是睡着了吗？”

“大师啊，我没穿过这种衣服，不知道怎么穿啊。”

楚南洵扶额，双手叉腰，问道：“那你现在穿了衣服没有？”

“穿了啊！”

闻言，楚南洵便开门走了进去，吓得苏曼宁惊声一叫，楚南洵连忙转过了身。

“你不是说穿了衣服的吗？”

“内衣也是衣服啊！”

“你把里面的衣服穿好，　会儿我教你怎么穿外面的。”说完楚南洵带门走了出去。

虽然刚才确实被吓了一跳，不过这种扑扑心跳的感觉，真是又刺激又美好。

这要是在古代，可是要负责任的呀。

苏曼宁双手平举，一动不敢动，楚南洵开始给她穿外衣。虽说是清朝时期的衣服，但实际穿起来也挺烦琐的，不过楚南洵真的是很有耐心，而且细致到不允许出现一点点的瑕疵。

在扣领口的盘扣时，因为紧挨着下巴，楚南洵的手便一直摩挲着苏曼宁，等他扣完扣子抬起头看向苏曼宁时，她的脸像是抹了胭脂一样。

“很热吗？”他问。

苏曼宁点了点头，但随即又摇了摇头。明明他的手指是冰凉的，但是每一次的触碰却像被火烧一样，完蛋了，不过是这么细微的碰触，都能让她如此心猿意马，这是要泥足深陷的节奏啊。

“大师，可以问你一个私人的问题吗？”

“不可以！”

“你以后的女朋友如果小你七岁，你会接受吗？”

楚南洵无语地瞪了苏曼宁一眼，随手把她的头发给盘起来：“我以后不会有女朋友的。”

“为什么？”苏曼宁激动地转过头，完全顾不上被扯痛的头皮。

楚南洵懒得理她，走到一边，开始挑选适合衣服的宝石。

苏曼宁穿着“花盆底”，小步跑到楚南洵跟前，不依不饶道：“是不是因为前女友给你造成的情伤啊？”

“你再不闭嘴，就丢你出去！”

苏曼宁哪肯放弃啊，这个问题要不解决好，可是直接影响到她的后半生幸福啊。

“你如果有什么对爱情的心理阴影，你告诉我啊，我可以帮你消除，让你重新燃起对爱情的渴望！”

楚南洵望了望天，无语凝噎。他要是没遇到这些个奇葩，兴许对女人还没这么排斥。

苏曼宁见楚南洵一直不理她，自己碎碎念了一阵后，也不说话了，因为衣服实在是太多了，她光忙着脱和穿，就已经累得直不起腰了。

等楚南洵整理好所有拍下来的照片，才发现苏曼宁已经累趴了，靠着墙角睡着了。

虽说夏夜不会很冷，但难免不会感冒，楚南洵从旁边拿了条毯子给她盖上，苏曼宁便往毯子里拱了拱，嘴里嘀咕了一句："Sunny，我想吃火锅……"

楚南洵拍了拍胸口，松了口气，还好没弄醒，耳根子刚舒服那么一会儿。

苏曼宁最后是被饿醒的，她伸个懒腰，揉了揉已经空了的胃，不良的睡姿难免让她有些全身酸痛。

今天天气不错，空气清新，晴空万里，早上的太阳暖洋洋的，让人心情也跟着好了起来。

苏曼宁朝四周打量了一圈，没有看到楚南洵的身影，不过房门敞开着，里面桌子上，茶水已经煮好了，冒着袅袅的青烟。

似乎是听到一些动静，苏曼宁绕过弄堂，去到了后面的厨房，然后便被眼前的场景给惊住了。

楚南洵穿着一件粗布衫，袖子挽得高高的，正在案板上切着菜，不紧不慢，干净利落，一旁的火炉上，还煮着什么东西，汩汩地冒着热气。苏曼宁深吸了一口气，清香四溢，让人直流口水。

再看忙碌的那人，腰上系了条深色的围裙，也不知道是灶台低，还是他人太高，站在那里始终有点不协调。不过，会做饭的男人，真是分分钟戳中少女心啊！

厨房是开放式的，苏曼宁悄悄地走过去，生怕一点点的响动便把这美好的一幕给破坏了，此时的楚南洵正在磕鸡蛋。

“哇，大师，你居然可以单手磕鸡蛋！”苏曼宁忍不住赞叹道。

楚南洵被突然的声音给吓了一大跳，端起碗就朝面前泼了过去，刚出壳的蛋液，顺着苏曼宁的额头往下流。

“大师，我以为你是挺稳重的一个人……”

“你应该庆幸这不是油！”

“好吧！”

……

早餐很简单，一碗青菜粥，然后一个火腿煎蛋，但苏曼宁却吃得大满足——嗯，两个人坐在一起迎着晨光吃着早餐，这不是小两口最基本的幸福日常吗？

“大师，你喜欢什么样的女孩儿啊？”

楚南洵放下碗筷，用手指了指苏曼宁，苏曼宁高兴地咧开嘴，不过还没等她兴奋地扑过去，一盆冷水便浇了过来——

“除了你，我谁都可以将就。”

“你之前还说你不可能有女朋友的，你现在这么说，是不是代表还是有考虑的？”

楚南洵捏了捏鼻梁，无奈地叹了口气。他就应该对她全程冷漠脸，不然一定会让她觉得他很好相处，然后就像现在一样叨叨个没完。

“哎，大师，不要走嘛，我们就不能坐下来好好聊聊吗？”

苏曼宁紧跟着追过去，而此时却传来了敲门声。她皱了皱眉，先跑过去开了门。

“Sunny？是你啊！”苏曼宁直接扑过去，完全不顾他一张臭脸。

“你就告诉我，你还想不想跟我混了？你简直要把我气死！”

苏曼宁不好意思地笑了笑，连忙把 Sunny 往屋里拉：“进来说，进来说！”

“要不是出租车司机接了电话，我就是找死也找不到这里！”

苏曼宁伸出手：“那手机找回来了吗？”

Sunny 气得有些犯晕，把手机往苏曼宁手里一拍：“昨天的通告给我搞失踪也就算了，我明明明确地警告过你，现在是关键时期，不能给我闹出一丝丝的绯闻，你的耳朵呢？被狗咬了吗？”

“我没有搞出绯闻啊？再说了，记者是找不到这里的！”

“曼宁啊曼宁，你难道忘记了，当初为什么答应要做明星了吗？你不能被一个男人给迷了心智啊？再说了，等你事业成功了，你要什么男人没有啊，这楚南洵不过是在一个直播典礼上耍了点小聪明，你就这么巴巴地贴上去，居然还敢在这里给我过夜，你对得起……”

Sunny 话还没说完，就被苏曼宁连忙堵住了嘴：“嘘，不要让他听见了，不然，我到时候表白就没有惊喜了……”

“你放心吧，你不管什么时候表白，我都不会觉得是惊喜的。”

楚南洵手里拿着一个茶杯，淡定自若得仿若一个陌生的路人甲。

“不算不算啦！”苏曼宁一下子急了，冲Sunny大声吼道，“都怪你啦，搞砸我的第一次表白！”

“小曼宁你乖啊，你现在乖乖跟我回去，到时候你想要什么男人，我都帮你追好不好？”Sunny都懒得跟她计较了，当务之急，就是赶快把她带回去。

“可是我只喜欢他啊！你现在就帮我追好不好？”苏曼宁指着楚南洵。

楚南洵淡定地喝了一口茶，送给她两个字：“呵呵！”

什么样的表白他没遇到过？像这种小孩子过家家式的告白，还真是想让人上心都难呢！

“Sunny，我讨厌你！”

苏曼宁羞窘地一跺脚，推开Sunny便跑了出去。

Sunny正准备追出去的时候，电话却突然响了，顿时有些手忙脚乱，看向一旁的楚南洵，却又是一副事不关己的样子，权衡之下，便先接了老板的电话。

原以为苏曼宁只是一时生气跑出去冷静一会儿，所以Sunny便先去忙公司的事情，等他忙完了，再次敲响楚南洵的家门时，才发现苏曼宁一直都没有回来。

“不是，就算你不喜欢我家曼宁，也不能一点都不关心吧？”

“她那么大一个人，还能跑丢了？”看楚南洵那副疲倦的面容，就知道他今天又忙碌了一整天。

没有人吵他的时间，过得还真快。

“要命了，这天都快黑了，电话又打不通，别碰到什么坏人了。”Sunny 自说自话了一句后，循着巷子的路开始去找人了。

楚南洵伸了个懒腰，抬头望了望天，乌云逼仄，貌似又要下雨了。

脑海里不自觉地便闪现出之前苏曼宁全身淋湿出现在家门口的惨景……

这里离市中心不是特别远，却是个远离尘嚣的静谧之地，苏曼宁坐在小河边的石阶上，手托着头，一副怅然若失的样子。

“轰隆”一声，天空响起了一记闷雷，没一会儿，便开始淅淅沥沥地落下雨滴，苏曼宁伸出手，凉凉的雨水滴在手心，痒痒的，可没一会儿，雨就没了，一片黑色阴影笼罩在头顶。

“你跑出来一整天，就是为了等这一场雨？”楚南洵手撑着伞，说话的语气是一如既往的低沉、慵懒。

“大师，你怎么来了？”苏曼宁嘟哝着嘴，一只脚踢着路面上的小石子。

“怎么，还打算在这里过夜？”

楚南洵另一只手放进了裤兜，侧头看向了河面。

雨不是很大，落在河面上，形成一个个涟漪，有风轻轻地撩动着楚南洵额前的头发，他的侧脸线条干净利落，眼睛依旧半睁着，长睫扇动的频率缓慢又轻盈，虽然总是疲倦又懒散的样子，却透着温润儒雅的气质。

苏曼宁有些看傻了眼，心开始不自觉地扑扑扑狂跳，可是一想到之前那意外的告白，不免又有些难过。

“大师，你知道吗？你站的地方，就是我曾经跌倒过的地方，就是从那个时候起，我便没了八岁以前的所有记忆。”苏曼宁说得轻描淡写，仿佛像是说着别人的故事一样，这语气、这心态倒是让楚南洵微微惊异。

“嗬，真巧！”

苏曼宁有些沮丧地叹了口气：“这里离你家这么近，那项链又是你爸爸设计的，我好希望这些巧合能和你扯上一些关系，所以，我一直试着回想，却什么都想不起来。我很难过，第一次的告白，还没来得及开始便已经是结束了。”

“就算我们之间有什么关系，那一定也是什么孽缘，所以，你想不起来，或许对你是好事。”

苏曼宁噘了噘嘴：“孽缘也是缘啊，起码跟你还有点关系。”

“好了，回去吧！我可没这么多时间陪你在这里赏雨。”

“哦！谢谢你打伞来找我！”

明明前一秒还挺沮丧的，此时却又没事似的露出了爽朗的笑脸。这自愈能力，还真不是一般人能比的。

“我只是刚吃完饭，出来散散步。”

“你一说饭，我就饿了，不如大师你给我煮饭吃吧！你的手艺真的超赞的吔！”

“得寸进尺！”

“大师你这话就不对了，你自己都说了，你只是出来散步，刚好碰到我，那我得到什么了？除非你是专程出来找我的！”

楚南洵：“……”

哎，她淋不淋雨、回不回去，到底跟他有什么关系？

等苏曼宁解决完晚饭一擦嘴，淋成落汤鸡的 Sunny 狼狈地推门而入。

一看苏曼宁完好无损地在那里摸着肚皮一脸满足的样子，Sunny 所有的担心都烟消云散了，冲过去一把抱住她，哭得跟此时的雨一样稀里哗啦。

“你个臭丫头，你回来了，起码要给我打个电话啊！”

“手机没电了嘛！”

苏曼宁刚产生一点愧疚之意，Sunny 忽然撤开拥抱，两大步走向正在画设计图的楚南洵面前，然后特别正经地鞠了个九十度的躬。

“大师，拜托你给我们家曼宁设计的首饰别具一格一点，就是让人一看就挪不开眼睛的那种。”

时间突然静止了三秒。

“Sunny，你开什么玩笑，大师怎么可能给我设计首饰？”苏曼宁笑着摆了摆手，但随即又好像想到了什么，不由得瞪圆了眼睛，“Sunny，你这话的意思是不是我的试镜通过了？就是梦汐姐主演的那个古装大 IP 什么醉？”

“没错，我刚才回去就是处理这个事情。”说完 Sunny 又看向楚南洵，“虽然是个女三，但是也希望大师可以重视一下！”

楚南洵轻嗤了一声，用笔头敲了敲旁边的设计稿，意思是早已经设计好了。Sunny 连忙兴奋地拿起图纸，一页页地翻看了后，皱起了眉头。

“不是啊大师，这是不是太简单了点啊？”

“你是在怀疑我的品位？”楚南洵依旧头也不抬地画着稿子。

“不敢，不敢！”Sunny 连忙摆手，随即一把将苏曼宁给拉过来，“这两天你就待在这里帮大师的忙吧！你其他通告我已经给你推了，剧本我也已经给你送过来了，没事的时候多琢磨琢磨。”Sunny 说完向苏曼宁使了个眼神，又在她耳边嘀咕了一句，“好好地讨好大师，一定要争取每一个博人眼球的机会！”

还没等苏曼宁反应过来，Sunny 便拍了拍她的肩头，头也不回地走了。

走了？

我去，Sunny 不去演戏真是太可惜了，这大起大落情绪间的无缝转换，简直比她苏曼宁还要强上几倍。

苏曼宁看了眼 Sunny 离开的方向，又看了眼还在忙活的楚南洵，抠了抠手指，觍着脸小声地说了句：“大师，不如，你就答应 Sunny 刚才的请求吧？”

“Get out of my way（滚到一边去）！”

是怎样的厚颜无耻才会让一向淡定的楚南洵失去了理智，连母语都不想说了。

雨一直没有停，反而还有越下越大的趋势，楚南洵一直埋头于他的创作，苏曼宁则一直在他面前徘徊，一副思考的样子。

“我觉得我的出现不是没有道理的，你说你不会有女朋友，那肯定是还没遇到我，如果是因为情伤或者什么家庭阴影之类的，那这些问题对我来说，都不是问题。”

见楚南洵没反驳，苏曼宁继续滔滔不绝道：“情伤这个东西，只要开始一段新感情，自然而然就会被治愈了，而我刚好可以胜任这个新女友的角色，至于家庭阴影，就更简单了，我们俩可以直接去民政局，把爱情直接升华成亲情，然后我们加把油，再生个娃娃，嗯……慢慢地，你就能体会到家庭的温暖了……”

苏曼宁转身趴在桌前，眨巴着星星眼看着楚南洵。

“谢谢，我刚好都不需要。”

“你现在不需要，不代表你以后不需要啊，我会慢慢让你发现我的好的，到时候，估计你一分钟没看到我，就想的不得了了。”

楚南洵气得抬手就赏她一个栗暴：“如果不想出去淋雨，就给我闭嘴！”

因为被无情驱逐，苏曼宁只能到离楚南洵最远的窗边，可怜地坐在角落里玩“斗地主”，可能是今晚的风比较大吧，苏曼宁已经忍不住打了好几个喷嚏。

“奇怪，谁在想我吗？”她揉了揉鼻子自言自语。正当楚南洵觉得女人真是种奇葩生物的时候，苏曼宁的视频电话响了起来。

“天啦，梦汐姐！”苏曼宁有些激动地点开视频，“我刚刚一直在打喷嚏来着，原来是梦汐姐你在想我啊？”

沈梦汐一听，咯咯咯地笑着：“怎么样？我哥没欺负你吧？”

苏曼宁看了一眼楚南洵，摸了摸还有些红的额头，笑着说：“还好，还好！”

“哈哈，不怕。来来来，我悄悄告诉你一个秘密，只要我哥上床睡觉，就一定会抱着玩偶睡……”

“啊？真的吗？”苏曼宁震惊地瞪圆了眼睛，脑海里刚一出现那个画面，手机便被一把抢了过去。

“沈梦汐，你知道惹我是什么下场！”楚南洵嘴角抽搐，气得仿佛能隔着屏幕掐死人。

“啊……好像排到我的戏了，先……先忙了啊……”说完，沈梦汐立马按了挂断键，然后拍了拍胸口，看来近期都最好不要出现在他面前了。

电话挂断后，周围的空气好像都凝结了，最后苏曼宁实在忍不住，扑哧笑出了声。

“大师，你怎么老是做一些跟自己气质不符的事情啊？”

“她随便说的你也信？”

“是不是随便说的……看看不就知道了？”说完苏曼宁便朝楚南洵的卧室跑了过去。楚南洵下意识一抓，谁知她跟泥鳅似的，根本抓不住。

跑到房间，苏曼宁快速地摁亮灯，一眼便看到了躺在床上的灰熊玩偶。说时迟那时快，苏曼宁和楚南洵几乎同时抓到了玩偶。

“还不承认？证据确凿，大师，细细一想，你还真是可爱呢！”

“松手！”

“不松，不松，除非你承认晚上睡觉抱着它！”

“苏曼宁，你不要太过分啊！”

苏曼宁冲楚南洵吐了吐舌头，一副“你能拿我怎样”的表情。

两人你拉我扯了一阵后，楚南洵耐心被磨灭，突然就松开了手，苏曼宁一个不设防，整个人往后仰了过去，因为之前她是站在床上的，所以，“扑通”一声，滚下了床。

楚南洵轻哼了一声，转身出了房间。平时没什么运动量的他，此时额头出现了一层薄汗，他拿起茶壶，准备倒茶的时候，发现茶杯太小，便直接倒在了旁边的大玻璃杯里，然后咕噜咕噜一口气全喝完。

真是个让人费神又费力的女人。

楚南洵休息了一会儿，发现里屋一直没动静，想起刚才她滚下床的动静有点大，心里不禁一悬，又连忙起身进了卧室。

等绕过床正准备查看苏曼宁的情况时，苏曼宁突然坐立起来，一个眼珠向左，一个眼珠向上地看着楚南洵，吓得他往后一缩。

“小可，我不在的时候，替我照顾好妈妈！”

苏曼宁突然说出口的话，让楚南洵猛地一震：“你刚才说什么？”

苏曼宁转回眼珠，粲然一笑：“哈哈，有没有被我吓到啊？”

苏曼宁从地上爬起来，摸了摸自己刚才被撞疼的后脑勺：“刚才被撞到头时，脑海里突然冒出了这句话。哈哈，估计是肥皂剧看多了，魔怔了。”

楚南洵依旧愣在原地，眉头轻蹙，面上虽没什么表情，但眼眸深深，不知道在想些什么。

苏曼宁没有看到过这样子的楚南洵，还以为是抢了他的娃娃才这样的，于是，连忙把地上的熊捡起来还给他。

“哎哟，大师，这不是什么丢脸的事情啦，你放心，我绝对不会说出去的！”

“苏曼宁，你是不是说过喜欢我？”

听到这句话，苏曼宁的笑容渐渐地收敛起来，虽然不知道他为什么突然说这个，但心脏已经开始不受控地加快了频率。

“什么？”

楚南洵上前一步，然后大手一揽，苏曼宁整个人都贴上了他的胸膛，然后又在毫无预警的情况下，他低下头，有些冰凉的唇，就这么覆在了她的唇上……

6

第六章

Chapter

突然就开始的热恋

这个吻就像是暴风雨一样，来得突然，结束得也很突然。

蜻蜓点水般，划过便无痕。

苏曼宁整个脸都红了，要不是闭紧了牙关，估计那颗心都快从嘴里蹦出来了。

“大……大师，你刚才的行为，是……是不是太冲动了？”苏曼宁咬着唇，眼神迷离，不敢跟眼前的男人对视。

“性冲动是每个男人都会有的……”楚南洵说得轻描淡写，而后用手摸了摸苏曼宁的头，“以后这种冲动还会有，所以你要做好心理准备。”

“呜呜！”苏曼宁的脑袋里就像火车头一样发出洪亮的汽笛声了！

楚南洵扬起嘴唇笑了一下后，便转身欲走，可刚迈一步，身后的衣角就被拉住了。

苏曼宁睁着水灵的大眼睛，眼里带着一丝小心和不确定：“如果刚刚那个算是仪式，那是不是从现在起，我就是你……女朋友了？”

楚南洵挑了挑眉，反问道：“怎么，这个身份你不满意？”

“满意！满意！”苏曼宁点头如捣蒜，“就是来得有点突然，所以，有点被吓到！”

“可以继续加班了吗？”

“嗯！”

天啦，她上辈子一定是拯救了银河系，不然，这么好的事情怎么会落到她身上？她不用等到自己生日那天再表白了，大师一定是觉得她太可爱了，所以才会控制不住自己吧？

哈哈哈！比中乐透还让人激动和兴奋啊。

因为之前已经熬过一夜了，所以两人忙了一阵后，便准备去休息了。楚南洵洗完澡出来，守在门口的苏曼宁便连忙把手里的灰熊玩偶递过去，把楚南洵吓了一跳。

“之前拉扯的时候不小心把玩偶扯坏了，不过我已经给你缝好了，你可以安心抱着睡了……”

楚南洵拿过玩偶朝旁边一丢：“现在你都是我女朋友了，玩偶就不需要了……”

苏曼宁吓得头猛地一抬，秒懂其中意思的她脸唰地红到了耳根，紧张地咽了口口水，说了句“大师晚安，大师，你做个好梦”后落荒而逃，其间还差点撞到门。

楚南洵看着跑开的人影，哼哧了一声，又看了看地上的玩偶，断裂处缝得皱皱巴巴，线的颜色也不搭。屋内的灯光不是特别亮，此时的楚南洵，眼眸幽深得如一口井，让人看不出他的情绪。

“爸爸，你画的这个好漂亮啊！”

“哦，是吗？你也喜欢？”

“嗯！我以后也要做跟爸爸一样的珠宝设计师。”

“很好，来，给你一支笔，跟爸爸一起画！”

“嗯！”

……

脑子里不自觉地浮现出了小时候的记忆，楚南洵甩了甩手里的毛巾，有些心浮气躁。

第二天，当清晨的第一缕阳光倾泻进房间时，楚南洵从睡梦中慢慢地睁开了眼，怀里抱着那个灰熊玩偶。愣了两秒后，他突然嫌恶地把灰熊扔到了一边，正在这时，门口响起了敲门声。

“大师，你醒了吗？早餐我已经准备好了哦！”

见没反应，苏曼宁便直接打开了房门，刚好撞见正在穿裤子的楚南洵，羞得连忙转身，却一下子撞到了门上，痛呼了一声。

不过才两天，再次坐在一起吃早餐，两人的关系便产生了质的变化，苏曼宁始终不敢抬起头，拿着勺子，有一勺没一勺地喝着碗里的粥。

气氛貌似有些尴尬。

“那个，大……大师，昨天晚上我怕你没盖好被子，所以偷偷地进了你的房间，看你的玩偶掉在了地上，所以给你捡了起来。啊，对……

对了，网上说啊，晚上睡觉不关灯，容易神经衰弱呢……”

说完这些话苏曼宁便有些后悔了，这不是越说越尴尬吗？索性埋头继续喝粥，还是闭嘴比较保险。

“以后没我的允许，不要随便进我的房间。”楚南洵冷冷地说了一句，“还有，这个粥你不要喝了，太咸，容易引起心血管疾病。”

“啊？”这么一说，苏曼宁的味觉才被唤醒，连忙吐掉嘴里的，端起一旁的水开始漱口，这下好了，真的失去味觉了。

“我记得我明明只倒了一半的盐啊……”

楚南洵：“……”

吃完早饭后，楚南洵继续他的未完稿，苏曼宁则拿出台词本开始对戏。可能是早上盐吃多了，此时的她精力旺盛，一人分饰多角，情绪无缝转换，知道的晓得她是在演戏，不知道的，还以为她有精神分裂。

不过，可能是很少拍戏，这演技实在是有点辣眼睛。

“小姐，你放心，我一定把信交到洵公子的手上。”苏曼宁抖动着双唇，手里拿着台词本转了一圈，然后眼泪便簌簌而下。

“你家小姐看到你这样，会消化不良的。”楚南洵一边画稿一边扶额。

“不会，不会！挺可爱的丫头的！”正在这时，沈梦汐出现了。她其实已经在旁边观察多时了，当然，她观察的可不是苏曼宁的演技。

“梦汐姐？你怎么来了？”苏曼宁喜出望外，激动地扑了过去。

这样的热情让沈梦汐有些不理解，但随后便明白了。

苏曼宁凑近她耳边，窸窸窣窣了一阵后，沈梦汐慢慢地瞪圆了眼睛。

“你是我哥的女朋友了？”

苏曼宁连忙嘘了两声，高兴得有些合不拢嘴：“还得谢谢你昨晚给的情报呢！”

沈梦汐咽了咽口水，有些不可置信，三两步走到楚南洵的跟前，探身问道：“你昨晚把她给睡了？”

楚南洵手一抖，铅笔的笔尖便“啪”的一声又断了。啧，最近这笔消耗得越来越快了。

苏曼宁连忙摆手解释：“梦汐姐，不……不是你想的那样啦！”

“那是你把他扑了？”

苏曼宁一个心梗，脸红得跟太阳一样：“也……也不是啦！”

“酒后乱性？还是谁给谁下了药？”沈梦汐还没说完，头就被楚南洵用笔敲了一下，疼得她立马闭了嘴。

“我的私人生活，你不要多嘴。”楚南洵说完，便去里屋泡茶了。

沈梦汐明显是有些接受不了这突发事件，站在原地愣了好久，才把苏曼宁拉过来：“快快快，分享一下细节……”

苏曼宁真想开口的时候，远处传来了楚南洵的声音：“过来，给我削笔！”

“哦，来了！”苏曼宁也不知道是不是叫她，便屁颠屁颠地跑了过去。

沈梦汐再次震惊了，这是女朋友的正确使用方式？

“不是啊，哥，你对感情一向寡淡，怎么突然想要谈恋爱了？”

楚南洵抿了口茶，看了眼正在削铅笔的苏曼宁，又看了眼沈梦汐，那半睁着的慵懒眼睛好像在说：关你屁事！

沈梦汐早已经习惯他这个死鱼眼，激动地摸出手机：“不管什么原因，这样的好事情，外婆知道肯定会很高兴……”

楚南洵快速地抽走沈梦汐的手机：“你就不能消停一下？”

“楚南洵，不是我说你啊，作为楚家的独孙，你的婚姻大事已经不是你一个人的事情了。既然交了女朋友，那就赶紧的，最好能来个闪婚，让外婆少为你操点心。”

一听到“闪婚”两个字，苏曼宁激动之下手一抖，刀子直接招呼到手指上，顿时鲜血直流。

楚南洵见状，连忙放下手里的东西，去里屋翻出了急救箱，然后把苏曼宁拉到自己旁边坐下来。

“笨蛋，连个笔都削不好！”

沈梦汐摇头叹息道：“这个时候呢，女生更愿意听到‘你没事儿吧’‘疼不疼啊’之类的话，也不知道你这块木头，怎么会有人喜欢。”

“没事啦，梦汐姐，是我自己不小心的。”苏曼宁忙说道。

“曼宁啊，就算是你先喜欢我哥的，也要在爱情的关系中，拿到主动权，不然，我哥欺负起人来，真是……”

“你知道你什么时候最可爱吗？”

楚南洵这么一说，沈梦汐便自动闭了嘴，白眼要翻到天上去。这世界上，能看上这个男人的女人，真是要濒临灭绝了。

“要用酒精消毒一下伤口，你要是怕疼，就抓着我的手。”

“嗯！”苏曼宁乖乖地伸出另一手，抓住楚南洵裸露在外的小臂。

等伤口包好，楚南洵抬起头，看到的是紧咬双唇且眼泪汪汪的苏曼宁，这才发现她抓着他的手，微微颤抖，她居然宁愿忍着，也不愿使劲抓着他。

“还痛吗？”他不禁柔了声音。

苏曼宁点了点头，又摇了摇头。那可爱的样子，让楚南洵忍不住摸了摸她的头，以示安慰。

一旁的沈梦汐遭受不了这样的暴击，走出去了。

其实，沈梦汐是偷跑出来的，连续的工作让她有些负压情绪，所以，趁着今天导演不在，便溜号了。

此时被苏曼宁磨着给她对戏。

《琉璃醉》的女三号是个丫鬟，而小姐的饰演者，正是沈梦汐。虽然还没有开拍，但最近剧本也磨得差不多了，要不是看在苏曼宁极有可能是她未来嫂子的份上，她现在才没什么工夫陪她对戏呢！

不过，苏曼宁倒是让她越来越有乐趣了。

“小姐，快跑！我拖住他们！”苏曼宁一个大鹏展翅拦在沈梦汐面前，那活蹦乱跳的样子，怎么看怎么像“老鹰抓小鸡”，沈梦汐实在是憋不住了，捧腹笑成了一团。

“曼宁啊，你到底是怎么通过试镜的？”

“靠关系啊！Sunny这么跟我说的。”苏曼宁不好意思地摸了摸后脑勺。

“没事，没事，这样子也挺好的，挺有喜感的一个丫头。”沈梦汐看了看剧本，忽然眼珠子一转，想到了什么，走到楚南洵的面前，“曼宁跟小姐的戏份，我已经跟她对完戏了，这两场跟少爷的戏，不如，你来陪她练一下？”

楚南洵抬起头，明明半睁着眼，眼神却凌厉又有气势，仿佛在说：你再来烦我，我就丢你出去。

“对啊，大师，我现在才发现，男主角的名字里也有个‘洵’呢，你现在不是刚好有空，陪我练练吧？”

楚南洵把同样的眼神转移到苏曼宁那里，一副“你哪里看出我有空”的表情。

可这两人，像是都看不懂表情似的，生拉硬拽地就把楚南洵拉了起来。楚南洵不厌其烦，但实在是强不过这世界上他最烦的两个女人。

楚南洵能乖乖对词，她们已经很满足了，所以即便是机械式地念着，苏曼宁也能接受。

一个毫无感情像个冷冰冰的机器人，一个表情和心理活动丰富得像漫画，强烈的反差，让沈梦汐在一旁笑得前仰后合。

“你回去告诉小姐，让她先安心进宫，我答应过要娶她，就一定会想办法！”楚南洵一字一句地说完后，久久都没得到苏曼宁的回应，于是抬头看过去，才发现她一直盯着他，一副难过的表情。

“不对了，不对了，休息一下。”

虽然只是台词，但苏曼宁还是不愿意从楚南洵的嘴里听到他喜欢别人的话，真该庆幸他不是演员，不然，她得多委屈啊。

楚南洵自然不知道苏曼宁心里想什么，不对了更好。他把剧本丢给苏曼宁后，拿着纸笔回屋了，留下了一句："谁都不准来烦我！"

楚南洵进屋后便关了门，沈梦汐再次拉着苏曼宁问昨晚发生的事情。

一提这个，苏曼宁也瞬间来了兴致，便一五一十地告诉了沈梦汐。

"什么？你们……"沈梦汐点了点食指，震惊得有些说不出那两个字。

苏曼宁害羞地点了点头，沈梦汐咽了咽口水："我的天，那该是他的初吻吧？"

苏曼宁也是震惊了："大……大师是……初……初吻？"

她的初吻她没怎么觉得珍贵，但如果楚南洵也是初吻，那她就是赚到了好吗！

"她不是有个前女友吗？"

沈梦汐笑了笑："那哪算什么前女友啊。是我妈给他介绍的，我哥虽然接受了，但从没说过喜欢她，看她的眼神也永远都是淡淡的……"

"可是既然不喜欢，为什么要答应在一起呢？"

沈梦汐无奈地叹了口气："或许我哥根本就不在乎这些吧。他除了对他的设计有热情外，对谁都很寡淡，全家上下，也就外婆的话他会听，我曾经也一度认为，他会跟唐静雯结婚，没想到，唐静雯后来背叛了他。"

苏曼宁听得有些云里雾里："既然都不喜欢她，那就算背叛，也应该不会生气吧？”

“他是不生气啊，跟谁结婚，他或许不在乎，但是，他容忍不了背叛。”

苏曼宁眨巴下了眼，不知道楚南洵是受过什么刺激，还是天生就对感情淡薄，再怎么说，结婚也是人生的大事，怎么就可以将就呢？难道她也是他随随便便挑的？

“啊，对了，我哥怎么会允许……”

沈梦汐话还没说完，电话便响了起来，是经纪人打过来的。沈梦汐说了几句后，便匆匆离开了。

苏曼宁看了眼楚南洵紧闭的房门，噘了噘嘴。他突然之间同意了她的告白，究竟是出于喜欢，还是随意呢？

一定是喜欢着的吧？不然怎么会把初吻都给她了呢？

苏曼宁抬手看了看受伤的手指，嘴角露出了甜甜的笑容。

楚南洵一直到晚上才从房间里出来，走到院子里的时候，被眼前的景象给吓了一跳——院子里摆了一张桌子，还铺上了白布，桌子上摆放了烛台、鲜花和两套西式的餐具,周围的建筑物还全都挂满了彩灯。

楚南洵眨巴下眼，还以为是自己没睡醒，转身又准备回房时，被苏曼宁给拉住了。

“大师，看我准备的烛光晚餐，浪漫吗？”

楚南洵斜了一眼苏曼宁，面上没有露出任何喜悦的神情：“别搞这些没用的。”说完便进了屋。苏曼宁想跟上去的时候，被门给弹回来了。

“你不喜欢这些哦，那我可以拆掉啊，你出来吃晚餐好不好？”苏曼宁隔着门喊道。

可是没有得到任何的回应，苏曼宁有些沮丧地噘了噘嘴，顿了两秒，有些不死心，又喊道：“大师，你放心啦，晚餐是我叫专门的厨师做的，味道可好了。”

对啊，这可是她求Sunny求了好久才得到的福利啊。

苏曼宁在台阶上坐了一会儿，肚子开始不争气地咕噜噜叫：“算了，不等你了，我自己吃！”

这种吃饭都不积极的人，真是对食物莫大的不尊重啊！

等楚南洵再次出来的时候，苏曼宁已经趴在桌子上睡着了，两份牛排被吃得很干净，还有个插满蜡烛的蛋糕，被咬了个缺口。苏曼宁头上戴着个生日帽，嘴上还有没抹掉的奶油，脸红红的，应该还喝了桌上的红酒。

今天是她的生日？

“Sunny，今天我二十一岁了，可以谈恋爱了……”苏曼宁咕哝了一句，想要翻身换个姿势，却直接从桌子上滑下来了，好在落地之前，被楚南洵给接住了。

摔到一个温暖的怀抱，苏曼宁便像只温顺的小猫一样，朝楚南洵怀里拱了拱，嘴角一直挂着笑意。楚南洵微微蹙着眉头，看着怀里乖顺的小人儿，眼神不由得也变柔和了些，只不过依旧夹杂着让人看不懂的复杂情绪。

楚南洵把苏曼宁抱去沙发上之后，就坐在桌前挑选珠宝。也不知道过了多久，楚南洵抬眼的时候，发现苏曼宁躺在不远处的沙发上，睁着眼睛看着他。

“睡不着？”楚南洵问。

苏曼宁从沙发上爬起来，步履不稳地走到楚南洵桌前：“做了个噩梦，有点害怕，所以出来看着你比较安心。”

虽是初夏，但夜里也难免会有些凉意，楚南洵拿起一旁的外套，搭在苏曼宁的身上。

“生日快乐。”

苏曼宁转过身，向楚南洵摊开双手，微醺的眼神带着点迷离，红红的脸蛋，看起来很是乖巧。

“礼物呢？”

楚南洵一挑眉，一时之间不知道该说什么。

苏曼宁一下子笑开了，拍了下楚南洵的胸口：“算啦，跟你开玩笑呢！其实，我都不知道我生日是哪天，遇到 Sunny 后，Sunny 才把每年的这一天算作是我的生日，所以，我是不是二十一岁，还不知道呢！”

楚南洵眼眸一深，心绪更是复杂了：“可我看你很乐观。”

“是啊是啊，特别没心眼儿。”苏曼宁傻乎乎地笑着，随后伸出手拉着楚南洵的衣角，“大师，我真的好喜欢你呀！Sunny 说，不让我在二十一岁之前谈恋爱，我本打算今天生日就跟你表白的，没想到我们提前在一起了……”

楚南洵嘴角一勾，抬手摸了摸苏曼宁的头：“很晚了，去睡吧！”

“嗯！”

苏曼宁乖巧地点了点头，正准备转身回屋的时候，楚南洵忽然上前一步，一个打横便抱起了她。苏曼宁被吓了一跳，连忙抓住楚南洵胸前的衣服，意识到后，又害羞地垂下了头。

“下次记得穿鞋。”楚南洵淡然地说道。

“哦！”

因为今天有开机发布会，所以 Sunny 一大早便去把苏曼宁接了出来，吃完饭后，便朝着发布会现场去了。

发布会是在外场搭的台，苏曼宁到的时候，记者媒体以及粉丝应援都到了不少。像苏曼宁这种总是蹦跶在三线的小明星来说，这阵仗对她来说其实是有些大的，不过在粉丝堆里能看到她的应援牌，也是让人不由得有些小激动呢！

不过看了人群中的应援牌，苏曼宁才知道这部戏的男主角竟是当红男星唐钰，这个老中少都通吃的极品男人。

不过比起她的大师，还是差那么一丢丢的。

发布会进行得很顺利，作为主演的沈梦汐和唐钰从容不迫地应付着媒体各种问题。苏曼宁在一旁看着直傻眼，大腕就是大腕啊，换作是她，铁定被问蒙圈。

“请问‘王炸女孩’，第一次拍戏就接到如此重的戏份，你会有压力吗？”突然，有个记者把矛头对向了苏曼宁。

毫无心理准备的苏曼宁一蒙，条件反射地看向后台的 Sunny。Sunny 冲她点了点头，苏曼宁便脱口而出道：“有，当然有压力，虽然是靠关系才得到的这个角色，不过我会努力的……”

此话一出，全场哗然，还有人忍不住嘲笑了起来。苏曼宁很少参加这种公开的活动，自然不知道她实话实说，究竟有哪里不对。

但看 Sunny 气得扶额撞墙，她才知道，是自己说错了话，可一时也找不到其他的话来弥补，顿时急得红了脸。

“大家可能有点误会曼宁的意思了，她说的靠关系，其实说的是我。当初在颁奖典礼上，觉得她是个特别可爱的姑娘，所以，私下找到了她，让她来试镜一下我的新戏。当然，试镜的成功，是靠她自己的努力得来的。”沈梦汐轻松地为苏曼宁解了围，并朝着她眨眼一笑。

苏曼宁不好意思地咬了咬唇，不过眼神充满了感激。梦汐姐和大师一样，口才太好了，怪不得那么招人喜欢。

这么一解释，倒是平复了不少舆论。坐在一旁的唐钰，也耐不住寂寞，应和道：“的确是很可爱，我也很喜欢！”

此话一出，全场再次议论纷纷。

不过，沈梦汐和唐钰的这一唱一和，算是成功地帮苏曼宁解围了。看大家的焦点不再在她身上，苏曼宁长长地舒了一口气。

看来，她是真不适合这种公开场合。

原以为唐钰只是随口说说的话，谁知道，发布会结束后，他居然还叫助理来找她，说是希望晚上可以一起吃饭。

一起吃饭？天啦，他们已经熟到这种程度了吗？

难道他真的喜欢她？

天天……天啊，太惊悚了。

不过，她已经是名花有主了，即便对方各方面都很优秀，她也要为了她的大师，勇敢且果断地 say no！

只是人家的盛情邀请，实在是有些不好意思拒绝。

为了保险起见，苏曼宁把 Sunny 也带上了。

不过一去才知道，并不是只有他一个人，而是整个剧组的人都在。

“奇怪，既然是剧组聚餐，为什么还要专门叫人来通知我？”苏曼宁噘了噘嘴，推门进了包房，刚一进去，就见唐钰朝她招手，示意让她坐在他旁边，一副熟络得像是老相识一样。

苏曼宁看了眼一旁的 Sunny，Sunny 眼神示意她过去，自己则熟络地跟别人聊起来了。

苏曼宁咽了咽口水，然后深吸了一口气，抬步走了过去。

起初还各种别扭不舒服，等菜一上桌，苏曼宁的注意力便全都在食物上了，正想拿起筷子大快朵颐的时候，Sunny 的短信发过来了。

“斯文一点，给唐钰留个好印象，还有，多看少吃！”

苏曼宁委屈地咬住了筷子，不让她吃，还不如别叫她来呢！好想回去跟大师一起吃泡面……

正在这时，苏曼宁的碗里突然多了一个鸡腿，抬头一看，原来是唐钰给她夹菜了。

天啦，这难道还不是喜欢她？

“快吃！”唐钰冲她一笑。

苏曼宁鼻头一酸，莫名感动，这感觉就像以前 Sunny 在街边给她一块面包一样。现在，她感觉唐钰整个脑袋都发着普度众生的佛光。

对，这是唐钰给她夹的，如果不吃，就太不好意思了。

苏曼宁放下筷子，直接上手，一口下去，满嘴都是油，哇，真是大满足啊！

“原来，你还和小时候一样，爱吃鸡腿！”唐钰凑近苏曼宁的耳边，轻声说了这么一句，导致苏曼宁直接咬到了舌头。

“什么意思？”苏曼宁转过头问道。

7

第七章

Chapter

绯闻

还没等唐钰解释，他便被制片人拉去别桌喝酒了。苏曼宁噘了噘嘴，心情有些复杂，可还是影响不了她的好胃口，大快朵颐后，摸了摸肚子，才想起 Sunny 刚才发给她的短信。

哈哈，吃进去的还能让她吐出来不成？

聚餐结束后，苏曼宁站在路边等 Sunny 的车，谁知道左等右等，就是不来，打电话过去才知道 Sunny 已经回去了。

“你怎么可以丢下我？”苏曼宁气得一跺脚。

“你在大口吃肉的时候，有没有想过我？”

“你就是个不让孩子吃饭的后妈！”

“再见，乖女儿……”

Sunny 说完便挂断了电话，然后在通讯录里找到唐钰的电话，拨了过去。

“喂，你好，唐先生，我是曼宁的经纪人 Sunny，请问你有看到我们家曼宁吗？我看她刚才坐你旁边来着……”

挂断电话后，Sunny 脸上露出狡黠的笑容，而后又快速地发了一条短信出去……

十分钟后，当苏曼宁连一辆出租车都招不到时，一辆黑色捷豹车停在了她的面前。

“上车！”唐钰按下车窗，朝苏曼宁扬唇一笑。

苏曼宁左右看了看，确定不是其他人后，露出了受宠若惊的神情，但一想到之前他在她耳边说的那句话，便觉得他们之间需要谈一谈，所以，犹豫了一下后，便上了车。

“我刚刚明明看你已经走了啊，怎么又回来了？”她问。

“捡漏啊！”唐钰侧过脸爽朗一笑。

苏曼宁也跟着不好意思地笑了笑。

车厢里又恢复了安静，要是有点音乐还好，偏偏安静得似乎都能听到彼此的呼吸声。

“现在说好久不见，还来得及吗？”此时唐钰先开了口。他纤细的手指轻敲着方向盘，车窗开了一条缝，撩拨着他额前的碎发。他棱角分明，全身上下都透着稳重男人的气息。

当然，首要的还是那俊朗的五官，让人有些挪不开眼。

这张脸自己明明没有见过啊。

“不好意思，其实我没有想起来你是谁。”苏曼宁抠了抠手指，又连忙解释，“不过你是不是在我八岁以前认识我的？八岁以前的记忆我都没有了……”

唐钰一转方向盘，然后把车停在了路边。

他解开安全带，一下子凑近苏曼宁，两人之间的距离不到五厘米。

他问："你是不是一个眼珠可以向左，一个可以向上？"

苏曼宁微微讶异，立马就照做了一个。唐钰很满意地笑了笑，用手拍了拍她的头："那我没有认错人。不过，你怎么会失去记忆？"

苏曼宁不好意思地挠了挠头："这个说来话长了，不过，你可不可以先告诉我，我们以前是什么关系？"

唐钰回以一笑："这个也是说来话长，以后我们有的是时间，慢慢聊。"

"那是敌是友？"

唐钰扑哧一笑，直接上手捏了捏苏曼宁的脸："你怎么还跟小时候一样，那么可爱。"

苏曼宁傻乎乎地笑了两声，觉得这样的缘分还真是奇妙。

唐钰把苏曼宁送回家后，两人互换了电话号码。

刚一进门，苏曼宁就被 Sunny 拉着手各种追问。

"听你这么问，敢情唐钰会去接我，全都是你在作梗啊？"

"新戏马上要开拍，你一个女三，想要引起公共的注意，一些小手段还是要的。"

苏曼宁了然地点了点头，但随即想到了什么，反问道："你这是让我跟唐钰传出绯闻？"

Sunny 拿起桌子上的苹果咬了一口："便宜你了好吗？唐钰可是我男神。"

“不行，不行，我不能传绯闻。”苏曼宁抢过 Sunny 手里的苹果，严肃道，“这样大师会误会我的。”

Sunny 一挑眉：“误会什么？”

苏曼宁咬了咬唇，用一副纠结又有点害怕有点愧疚的眼神看向Sunny。

Sunny 似乎秒懂了什么，差点让苹果呛进气管。

“你被楚南洵睡了？”

苏曼宁点了点头，又觉得这样的说法不对，又连忙摇了摇头：“总之，已经在一起三天了。”

“他疯了不成？就那天他那态度，怎么可能跟你在一起？”

“你也觉得不可能是吧？”苏曼宁有些丧气地往沙发上一坐，“可不管怎么样，我们在一起已经是事实，所以，我不能跟唐钰传出绯闻。”

“所以，从现在起，你不准再去找楚南洵，乖乖给我待在剧组。”

“我不要！”

“不要也得要！现在已经没有挽回的办法，所以绯闻一出，你不能再接近楚南洵，不然你的人设崩塌，到时候就真的万劫不复了。”

“可我就想像普通女孩儿一样谈个恋爱，就这么难吗？”

“你想想我好吗？”

Sunny 几乎从没对苏曼宁这般歇斯底里过，这么一吼，他也有些后悔。

苏曼宁自然也无话可说了。对啊，自始至终，她都只想着自己，从没有为 Sunny 想过，这么些年来，各种任性胡闹，都是他在帮她擦屁股，可是，自己才刚开始的感情，就这么放弃吗？

“乖了，过了这个风头，我想办法让你去见楚南洵。”

苏曼宁不吱声，垂着头进了房间，拿出手机想给楚南洵打个电话过去，又怕打扰到他，发短信解释，似乎又显得有些欲盖弥彰……

苏曼宁皱着眉头，心里难过极了。

第二天一早，苏曼宁刚一睁开眼睛，便着急地拿过床头的手机看回复，昨晚纠结了半天，始终抵不过想要得到理解的回复，所以，便给楚南洵发了一条短信，提前解释这件事。

可按开手机屏幕，发现没有任何未读信息时，苏曼宁沮丧极了，她现在都能想象楚南洵用什么表情看着她了。

正在苦恼时，苏曼宁的手机忽然有了反应，而且还是强烈的反应，微博上的回应信息像轰炸机一般袭来，直接把手机给闪关机。

作为三线艺人，粉丝不过一二十万，平时顶破天也就千来条信息，谁知和唐钰的绯闻一出，自己的那么丁点粉丝，很快便被唐钰的粉丝轰炸覆盖，有来祝贺的，有来求证的，更多的则是来谩骂的。

看着那些不堪入目的字眼，苏曼宁委屈地咬住了嘴唇。

此时，Sunny推门而入，一把抢过苏曼宁的手机，然后关闭了微博通知，手机也一下子安静了下来。

“不要去看这些，你可以把这种行为理解为羡慕嫉妒恨。”

苏曼宁往身后一倒，叹了口气：“我才不在乎别人怎么骂我呢……”

Sunny无奈地叹了口气，往床上一坐，安慰道：“好了，到时候我会亲自跟楚南洵解释的。”

苏曼宁依旧噘着嘴，不说一句话。此时，电话响了起来，苏曼宁噌地弹坐起来，以为是楚南洵来的电话，谁知，却是唐钰。

“你还好吗？对不起，没想到会给你带来困扰。”

“没有啦，这哪能怪你，应该谢谢你送我回家才对。”说完，苏曼宁忍不住瞪了一眼Sunny。

“新戏开头，有这些绯闻，会增加一些关注度，你不用去理会，过了这个风头就好了。”

“嗯，我知道了。”

电话挂断后，苏曼宁再次点开微博，看了看被拍到的照片，其中有一张，就是唐钰在车里凑近她的镜头，虽然他们之间啥都没有，可照片看过去，的确像是在热吻。天啦，她到底要怎么跟楚南洵解释啊？

“对了，听到你说，唐钰有可能认识八岁以前的你，我便找人去查了查他的资料。这是他小时候的照片，你看看，有印象吗？”说完，Sunny把手机递了过来。

照片上的小男孩个子很高，穿着一件白色的短袖T恤和一条工整的格子背带裤，手里拿着一个口琴，明明是天真烂漫的年纪，却板着一张脸，透着小大人般的成熟。

“没印象。不过不知道为什么，看到这张脸，莫名地有踏实感。”

“也许唐钰能知道你的身世。”

“或许吧！”

虽然离进组还有几天，但这两天苏曼宁也不得空闲，此时正在摄影棚拍摄定妆海报。

虽然演技还有些生疏，但镜头前的苏曼宁也不输任何的大明星，自信又美丽，还带着点与生俱来的俏皮，一整个上午忙下来，摄影师表示很满意。

苏曼宁卸完妆后，整个人趴在桌子上闷闷不乐，眼睛一直盯着手机。

发短信不回也就算了，居然还关机了，要不是 Sunny 堵在门口，她现在都想直接冲出去了。

“今天状态不错，拍得很美！”唐钰倒了一杯热水递到苏曼宁的跟前。

苏曼宁礼貌地接了过来，脸上丝毫看不出一点开心：“你怎么过来了？”

还没等唐钰说话，沈梦汐风风火火地冲了进来，双手叉腰质问唐钰：“你跑这么快干什么？敢做不敢当啊？”

唐钰挑了挑眉，一副无辜的样子反问道：“我做什么了？”

“刚刚摄影师明明说借位就可以，你为什么碰着我嘴唇了？”

“喂，讲道理，明明是你把我拉下去的。”

“我哪有？明明是你趁机占我便宜！”

“不可理喻的泼妇！”

“你说什么？想打架是吧？”

“我不打女人！”

看到两人剑拔弩张一副要干架的架势，苏曼宁连忙起身维和：“你们有话好好讲啦，不要因为一些小事伤了和气！”

沈梦汐一下急了：“曼宁，这可不是小事！”

唐钰白了一眼：“戏里的吻戏可多了呢！你有本事，叫导演改剧本啊！”

“那能一样吗？”

“怎么不一样？不都是嘴唇碰嘴唇。”

“你这是要流氓！”

“你说谁流氓了？”

“……”

苏曼宁看着两人越吵越凶，慢慢地退了出来——天啦，马上就要进组了，男女主角要不要把关系搞得这么僵？

不过一向以温柔端庄示人的梦汐姐，居然有这么强悍的一面，真是让人有些叹为观止啊。

不知道吵了多久，苏曼宁看了看时间，于是在他们休战的时候，小心地问了一句：“不如先吃饭，补充一下体力再说？”

“好啊，你请！”沈梦汐和唐钰异口同声。

苏曼宁一怔——嘿，这两个臭不要脸的！

三人一同去了附近的火锅店。照苏曼宁的话说，便宜实惠又好吃，最主要的还是，没有什么矛盾是一顿火锅解决不了的。

可现在是，苏曼宁夹在中间，被左右两边的人给盯着，看她要坐在哪一边。

“曼宁，我可是一直都很喜欢你的！”沈梦汐说。

“不好意思，我们认识的可比你早！”唐钰说完一回想，然后比了个手势，“差不多曼宁这么高的时候，我们就认识了。”

这一点，沈梦汐倒是有些吃惊，连忙又补充道：“曼宁，我可只认你当我嫂子的！”

苏曼宁一听这个，心里一下子就乐开了花，正准备移过去的时候，唐钰一把拽住了她的胳膊。

“你不可以见异思迁的，你小时候可是口口声声说要给我当媳妇的。”

“哎？”这下，轮到苏曼宁震惊了——难道这厚脸皮，打小就有的？

迫于实在想知道小时候的事情，苏曼宁便开始朝唐钰身边移动了。

沈梦汐这下可不干了啊，起身拽住苏曼宁的另一只手，冲唐钰吼道：“你再牛也只是前任！”

天啦，端庄优雅如她沈梦汐，居然开始爆粗口了！

“服务员！”苏曼宁实在是没办法，“给我换桌！”

对，一人坐一边，就不存在阵营这回事了。

席间，两人还算和谐，可是吃着吃着气氛又不太对了。

两人竟然在锅里抢起了食物。

苏曼宁索性埋头，当什么都没看见。

“老板！来一扎啤酒！”沈梦汐喊了一句。

“不，来一打！”唐钰附和了一句。

这要不是在包房，铁定被围观了吧？两位大明星，还真是一点都不知道收敛呢！

不过喝就喝吧，为什么最后被灌醉的是一个无辜的人？

“我再也不和你们……玩了……”苏曼宁趴在桌子上，蠕动了两下后，没动静了……

等她酒醒过后，又多了一条跟唐钰的绯闻——知名男星唐钰疑饭后送“王炸女孩”回公寓。

“不行啊 Sunny，再这样下去，我跟大师就真的完了！”苏曼宁胡乱抓了抓头发，拿起手机拨打楚南洵的电话，依旧显示是关机，急得开始团团转。

而 Sunny，从一开始就在房间里倒腾什么，不回应也不出来。苏曼宁正准备闯进去的时候，从里面突然走出来一个“女人”……

“桑……桑……”

“有必要这么吃惊吗？”Sunny 扶了扶胸前的两块“肉”，又用手指捋了捋长发，“我知道，扮上女装的我，比你还要美，不过不用嫉妒，大家都是好姐妹……”

苏曼宁实在忍不住扑哧一笑，是，如果单从背影看过去，是真的很难分辨男女，可一瞧正面，不得不让人联想到一个词——背影杀手。

“你干吗突然穿我的衣服？怎么？找到男朋友了，要去约会啊？”

Sunny 把裙子往下拉了拉，踩着高跟鞋去镜子前照了照：“你是男人，会喜欢我这样的‘女人’吗？”

Sunny白了一眼苏曼宁，强调道：“平时的我是有点不爷们儿，但我也不是这种变态好吗？”

“那是为什么？”

“为了拯救你的爱情啊……”Sunny走过来，用手指推了推苏曼宁的脑袋，“为了你个死丫头，我起码要少活十几年……”

苏曼宁眨巴眨巴眼，忽然想明白了什么，兴奋地拉着Sunny的手：“我可以去找大师了？”

“时间不多，就一个小时……”

“嗯嗯，谢谢Sunny……”

原来，Sunny之所以扮女装，是为了吸引外面狗仔的目光，让他们以为他是苏曼宁，然后把人引走后，苏曼宁再借机离开。

半小时后，苏曼宁出现在了老宅子门口，正准备敲门的时候，门突然就开了，楚南洵一副马上要出门的架势。

“大……大师……”苏曼宁吓了一跳，楚南洵估计也没料到她会出现在门口，也是微微一惊。

“你怎么来了？”他淡然一问。

“我……我是来跟你……”

苏曼宁话还没说完，楚南洵便抢话道：“我现在有急事……”说完，便撇开苏曼宁，上车离开了。

苏曼宁愣愣地站在原地，有一种被当头浇了一盆冷水的失落感，或许相比之下，他的事情更重要吧？

楚南洵走后，苏曼宁进了屋，屋里还跟以前一样，不过多了个火盆，温度还是热的，应该是烧了什么东西。一抬眼，桌上的小布袋一下便吸引了苏曼宁的注意力，这不就是她的幸运物吗？

苏曼宁走过去，从布袋中拿出项链，一下子便陷入了沉思，可想来想去，也想不出为什么楚南洵爸爸送给他妈妈的东西会在她的手上。

难道真是偷的？不不不，应该是从哪儿捡来的，可是这么重要的东西，谁会把它弄丢呢？

虽然现在很想把幸运物给拿回来，但是一想到现在跟楚南洵的关系，就觉得有些不合适。苏曼宁绕过桌子坐下来，趴在桌子上把玩着项链，不知不觉间，竟睡了过去……

不知道过了多久，苏曼宁最后是被烟给呛醒的——屋里着火了！

苏曼宁一吓，连忙跑了出去，慌乱地拨打了火警电话后，突然想起了什么，硬着头皮又冲了进去，拿起桌上的项链后往外跑，又想起桌上的设计图纸不能给烧了，于是又返回去拿，再想冲出去的时候，面前一片火海，而且火势越来越大。烟雾迷得让她睁不开眼，整个身体被火烤得发烫，苏曼宁紧紧地抱着怀里的东西，忍不住开始咳嗽起来。

苏曼宁整个人躺在地上，烟雾呛进肺里让她窒息般难受，可是她不想就这么死，她才刚刚开始跟喜欢的人谈恋爱，还有好多好多的事情没有做，可绝望的是，自己根本没有力气爬起来，也没有人会来救她……

苏曼宁只觉得越来越热，意识也开始越来越模糊，可就在快要闭眼的瞬间，仿佛看到一个人影冲了进来，一遍一遍地叫着她的名字……

一个炎热的夏天，苏曼宁坐在自家门槛上，手里拿着根冰棍，一辆大货车从她眼前开过，停在了她家附近不远处的大门前。

然后，她看到一个穿着干净的小男孩从车上下来，身后还背着一把吉他。

苏曼宁看得有些傻眼了，在这个镇上，还从来没见过这么干净、这么清秀的男孩子，以至于冰棍融化流得手上全都是，她也没感觉。

好像就是从那一天起，苏曼宁觉得，她有了个特别了不起的邻居，所以一有空，她就会踩在石头上，探头探脑地看向围墙内的男孩在干什么。

他会弹吉他，唱歌也很好听，只是不知道为什么，她很少看到他笑。

“你既然这么厉害，那你能吹这个吗？”这是苏曼宁跟他说的第一句话。

男孩看了看她手里的口琴，又看了看眼前浓眉大眼的小女孩，接过了她手里的口琴，问了句：“你想听什么啊？”

苏曼宁咬着唇想了想：“随便吧，不过要让人听了会笑的那种……”说完爽朗地一笑。

小男孩或许多少被感染了，嘴角也悄悄地上扬了一个弧度……

苏曼宁醒了。

再三确认自己还没死后，她从床上爬了起来。病房里没有人，外面还是黑着的，安静得只能听到机器的声音。

而正在这个时候，门口突然传来了沈梦汐的声音。

“还好曼宁没什么事儿，真是想想都觉得后怕，你怎么能留她一个人在老宅？”似乎是没得到回应，沈梦汐继续道，“你跟唐静雯本来就没什么感情，现在曼宁才是你的女朋友，你怎么能为了她撇下曼宁不管？”

“对不起，梦汐，都是因为我……”这时，唐静雯的声音响起。

“你闭嘴，我没和你说话！”沈梦汐看都没看一旁的唐静雯，继续指责楚南洵，“要不是你回去得及时，估计曼宁现在就只剩下一把灰了……”

听到这里，苏曼宁才确认，原来在失去意识前看到的那双腿，真的是楚南洵的。不过，在知道他是因为唐静雯的事才匆匆赶出去的时候，她心里突然就堵了什么东西，特别难受。

听到有脚步声靠近，苏曼宁又连忙躺了回去，直到感觉脚步声停在自己床边，不知道是害怕还是紧张，她下意识地抓紧了被子。

楚南洵从包里拿出那条项链，想起苏曼宁蜷缩在地上，紧紧护着他的设计图时的场景，眉心紧缩，眼眸幽深，透着淡淡的忧伤，最后，他把项链放在了苏曼宁的枕边。

“对不起……”

声音虽小，但字字都敲击在苏曼宁的心上。她是有点难过，可是她并不怪他啊，这三个字听起来，怎么却像是要失去他了？

8

第八章

Chapter

重新确定的心

像是感觉他要走似的，苏曼宁伸手一抓，刚好抓到楚南洵的衣角。楚南洵微微一惊，转过身看向她。

“不管你是因为什么跟我说对不起，我都原谅你，因为我喜欢你呀！好喜欢好喜欢……”虽然现在的苏曼宁还有些虚弱，声音嘶哑得很厉害,但她的笑容依旧那么灿烂,一点也不像是刚刚经历过生死的人。

楚南洵看着床上脸色苍白的女人，心绪十分复杂，顿了两秒后，说道：“以后，不要来找我了！”说完便撇开苏曼宁的手抬步离开。

“为什么啊？”苏曼宁一吓，紧张地想要追上前，却不小心从床上摔了下来。

楚南洵停住了脚步，犹豫了一下后，头也不回地离开了。

苏曼宁傻傻地坐在地上，想要追出去，却连爬起来的力气都没有，想大哭大闹，仰天长啸吼为什么，却又觉得情绪没攒够，最后，脸上就只剩下茫然无措的呆呆表情，看上去又可怜又无辜。

沈梦汐走了进来，她把苏曼宁从地上扶了起来，然后温柔地帮苏曼宁理了理头发：“曼宁，不要难过，以后我给你介绍更好的。”

“在遇到他以后，就没有更好的了……”苏曼宁轻轻地叹了口气，“可能因为我跟唐钰的绯闻，他生气了，哈哈……看来他还是在乎我的！”苏曼宁突然仰头一笑，把沈梦汐给吓了一跳。

沈梦汐摸了摸苏曼宁的额头，匪夷所思地问：“你没事吧？”

苏曼宁摇了摇头，又摸了摸肚子，反问道：“能给我点个外卖吗？”见沈梦汐怔愣地盯着她，她又补充道，“总得吃饱了才有力气把他追回来吧？”

“我哥他有那么好？”

“嗯，喜欢一个人，本来就是一辈子的事情嘛！不能因为一点点的小挫折就放弃的。”

这句话苏曼宁虽说得轻松，但听的人，哪怕是外人，都被震撼感动了。沈梦汐不得不感慨，你楚南洵何德何能啊，能碰上这么单纯可爱、对爱又执着的女孩儿……

居然还不懂得珍惜？

因为报警及时，所以老宅的损失不算严重。虽是四合院，但也只烧了一间屋子。起火很大可能是因为风把桌上的纸给吹到了还没有燃尽的火盆里，而苏曼宁，也因为楚南洵的及时回来，才得以脱离危险。

而楚南洵看着苏曼宁为了保护他的设计图而蜷缩在着火的屋子里，心里的某些坚持和狠戾，便一下子塌陷了。

楚南洵匆匆离开老宅，是因为唐静雯，她打来电话说她妈妈突然旧疾发作，一时之间不知道该怎么办。楚南洵虽然跟她没什么感情，但性命攸关，所以便赶了过去。

此时，楚南洵正在被烧了的那间屋子里收拾东西。

火灾后的一片狼藉，仿佛他此时的心情一般。终归到底，这场大火都是因他而起的，若不是他在屋子里烧掉父亲之前的设计图纸，也不会留下起火的祸根，还差点害苏曼宁命丧于此。

他宁愿她打他骂他甚至恨他，也不想看到她一副什么事都没有的样子冲他笑，她都不知道他对她做了什么，就说什么都能原谅。

果然，报复一个人的前提，首先是要伤害自己。

两天了，楚南洵一直窝在这里，无心工作，却忙忙碌碌的，不知道在忙些什么，头发依旧乱乱的，一件粗布长袖衫，V领开得有些低，能看到他的锁骨。他一只脚踩在木头的一端，一只手按着木头的前端，手里拿着一把锯子，一上一下地锯着木头，那露在外面的小臂，青筋暴露，强劲而有力。

放在桌上的电话每隔一段时间就会亮一下，屏幕上显示的都是跟苏曼宁有关的信息。

虽说这次火灾没有给苏曼宁带来什么致命伤害，却还是需要住院观察治疗一段时间。楚南洵作为男朋友，这两天一次都没去看过她，苏曼宁便发来各种道歉、讨好又卖萌的短信，若不是Sunny没日没夜地守着她，估计她都直接杀过来了。

而刚刚则是沈梦汐打来的电话，因为没接，所以五分钟后，沈梦汐直接推门而入了。

“楚南洵，你是不是男人啊？”沈梦汐语气不善，双手叉腰气呼呼地质问。

楚南洵依旧头也不抬，继续锯着手里的木头。

“曼宁这两天茶饭不思，就盼着你去看她，你倒好，居然在这里悠闲地锯木头？”

见楚南洵依旧不理会，沈梦汐双手抱胸，不由得抬高了语调，话锋一转：“其实，我觉得唐钰跟曼宁也挺配的，听说他们很小的时候就认识了，这两天，唐钰可是推了所有的通告，在医院陪曼宁呢！”

楚南洵锯木头的手顿了顿，然后又若无其事地继续未完的动作。

沈梦汐被气得一跺脚，咬牙切齿地说了一句“活该你单身”后，便转身离开了。

沈梦汐没走多久，楚南洵便放下了手里的锯子，往旁边的椅子上一坐，然后拿起桌上的手机，一条条地翻看苏曼宁发来的短信。

“大师，你总得给我道歉的机会呀，我和唐钰真的没什么的……”

“对不起呀，要不是我去找你，说不定也不会发生火灾，想想都后怕，那得赔多少钱啊？还有那些设计稿，听Sunny说，也是不便宜，不过你放心，我可以给你写个欠条的……”

“大师，医院的东西好难吃呀，我好想吃你做的青菜粥啊！”

“洵，不知道能不能这么叫你，总觉得好肉麻呀，不过，总比叫‘楚南’好听吧？哈哈……大师莫怪，大师莫怪……”

“大师，我告诉你哦，原来唐钰和小时候的我是邻居呢，他告诉了我好多关于我小时候的事情，可遗憾的是，他也记不起我父母的事了，只知道我没有爸爸，然后家里就只有我跟我妈……”

……

看到这里，楚南洵的心里忽然很不是滋味。他拨出一个电话，说了一句“陪我喝酒”，也不管对方是否答应，便挂断了电话。

苏曼宁坐在床上的小桌板上，眨巴着两只大眼睛，津津有味地听着唐钰讲他们小时候的故事。

“原来，我们我们只有三个月的交情啊！”苏曼宁感叹道。

唐钰耸肩一笑：“虽然只有三个月，但你可是我的第一个朋友，所以……印象深刻！”

“不过看来我这几天做的梦，都是真实的啊，原来，那个口琴是我送给你的。”

“对啊，我可是研究了好几天才学会的，还记得我给你吹的那个曲子吗？”

苏曼宁摇了摇头，头歪到一边，整张脸没有一丝血色，显得很是脆弱。

唐钰从身后拿出口琴晃了晃：“要不这样，你乖乖把饭吃了，我就吹给你听。”

苏曼宁垂眸，看上去似乎有些难过：“我没有心情吃饭，大师还在生我气，我不是一个好女朋友，我差点把他房子给烧了……”说到这里，一颗豆大的眼泪便夺眶而出了，滑过鼻梁，直接掉在了桌子上。

唐钰微微蹙了眉，用手摸了摸苏曼宁的头，安慰道：“没事的，你很乖，他会原谅你的。我要是你男朋友，才不忍心责怪你呢！”

而这一幕，被站在门口的沈梦汐用手机拍下来了，然后毫不犹豫地就发送给了楚南洵，继续刺激他。

而此时的楚南洵，正坐在酒吧的柜台前，烦躁不已地喝着酒。

“你不是从不喝酒找灵感的吗？怎么，这么快就到瓶颈期了？”坐在他旁边的男人，叫韩迪，是 Handy 珠宝的创始人以及首席设计师，跟楚南洵出自同一个设计学院。

是对手也是惺惺相惜的朋友，即便两人很少聚在一起，但见面，只需一个电话。

楚南洵一只手拿着酒杯，一只手拿着手机正看沈梦汐发过来的视频。

“在我印象中，你虽然不爱说话，但也不至于这般无情啊。”

韩迪在不知不觉间凑过来看完了全部，说出这样的话，让楚南洵有些吃惊，不过一想到韩迪跟沈梦汐的关系，似乎又明白了什么。

“梦汐也是为你的幸福着想，我看这女孩儿挺适合你的。”韩迪拍了拍楚南洵的肩头，笑得十里春风的样了，“你年纪也不小了，早点成家，也免得你奶奶为你操心，最重要的是，作为一个好的设计师，他的作品不仅要好看，还应该有内涵，而大部分内涵则来源于爱，包括爱情。”

韩迪叹了口气：“我知道，你是因为你父母才对爱情失望，可你应该相信自己，相信喜欢你的那个女孩儿，不去尝试怎么会知道你行不行呢？”说完他挑了挑眉，随后还朝楚南洵的裤裆看了一眼，那眼神不言而喻。

楚南洵用力地把酒杯往桌上一放：“哔……（骂人的话此处省略10086个字）”骂完，楚南洵便离开了。

韩迪被骂得血槽已空，抹了把额头的汗水后，给沈梦汐打了个电话：“该说的话我都说了，你可要信守承诺，免掉我今年的代言费啊！”

楚南洵到医院的时候，看到的是Sunny一个人坐在走廊里哭。而Sunny看到楚南洵，震惊之余很是气愤，上前推搡了一下他，虽然丝毫没推动半步。

“你还知道来呀？我们家小曼宁因为你，都瘦得脱相了！”

楚南洵没说话，可能也是休息不好，半垂着眼眸，显得很没有精神的样子。

Sunny正想要继续指责一些什么的时候，包里的手机突然响了起来，他将眼泪一抹，情绪一下子恢复到正常：“导演，没问题的，曼宁一定能按时进组。嗯，对……”

楚南洵没再理会，绕过Sunny便推门走进了病房。早上的阳光轻盈柔和，还带着点微风，苏曼宁躺在病床上，一张脸苍白得毫无血色。在楚南洵的记忆中，她总是一个活泼好动又古灵精怪的丫头，如今看来，却是真的让人有些心疼。

楚南洵把手里的东西放在床头柜上，在旁边的椅子上坐了下来。苏曼宁的手放在外面，手里一直拿着那条项链，而手背上面到处都是淤青。听护士说，她很害怕打针，每次入针的时候，都会下意识地缩回手，所以，很难一次就扎准。

楚南洵微微蹙了眉，稍微起身去碰了碰苏曼宁的额头。因为不好好吃饭，所以她恢复得很慢，而且昨晚还一直高烧不退，而这些，则是沈梦汐发短信告诉他的。

像是感觉到有人来了，苏曼宁慢慢地睁开了眼。看着楚南洵出现在自己眼前，她赶忙用手捂住眼，整个人蜷缩着侧过身，嘴里念咕着："苏曼宁，你不要再想了，大师是不会原谅你的……"说完整个身子都微微颤抖起来，像是在哭。

楚南洵这才明白，原来小丫头以为他是幻觉，于是俯下身在她的额头印下浅浅的吻，然后低沉的嗓音在病房里响了起来："对不起，我来晚了……"

苏曼宁感觉身体猛地一僵，唰地转过身，看着楚南洵温暖的笑容后，眼泪更是止不住了，这下好了，直接转换成号啕大哭了。

楚南洵也跟着一下子慌了，正手足无措时，苏曼宁突然起身扑进了他的怀里，哭哭咧咧道："我以为我再也看不到你了……"

楚南洵轻拍着苏曼宁的背，正想着要说些什么安慰的话时，苏曼宁突然没有一点动静了。

楚南洵一下子慌了，却听到苏曼宁说了一句："抱紧我，我有点虚弱……"

楚南洵扬唇一笑，这一次，他没有条件反射地把她往外推了。

楚南洵带来了亲手熬的粥，而且还特别贴心温暖地一口一口地喂，苏曼宁眼睛一眨不眨地看着他，感觉幸福来得有些突然，很不真实。

"大师，你不生我的气啦？"苏曼宁小心翼翼地问。

“以后你乖乖吃饭，我就不生气了。”楚南洵说完，又舀了一勺粥递到苏曼宁嘴边，“啊……”

苏曼宁幸福得快要晕厥过去了，张大嘴巴一口咬住了勺子，心里暗自得意，原来，苦肉计对大师是有用的呀？哈哈……

趁着楚南洵不在的时候，苏曼宁给沈梦汐发了一条短信，内容就只有一个笑着的表情。

沈梦汐便秒懂了，回复了一个“OK”的手势。

苏曼宁正得意的时候，楚南洵“唰”地抽走了她的手机，然后看了她们的聊天内容。

苏曼宁心里一咯噔，以为楚南洵知道了会生气，结果他只表情淡淡地说了四个字：“少玩手机。”

楚南洵打好热水回病房时，苏曼宁正慌里慌张地收拾东西：“大师，我们出院吧，我已经好了，就不要再浪费钱了。”说完还忍不住咳嗽了两声。

楚南洵从背后抱住苏曼宁，然后凑到她耳边轻声说道：“乖，一会儿要是乖乖配合护士打针，我给你一个奖励。”

本来从后背被突然抱住，就已经够让苏曼宁小鹿乱撞了，居然还如此温柔地在她耳边低语，听得浑身一酥。她问：“什么奖励啊？”

苏曼宁已经懒得想他为什么会知道自己害怕打针的事了，只知道，哪怕是被他卖掉，她也愿意。真是让人细思极恐的感情牵绊啊！

楚南洵轻轻吻了一下苏曼宁的耳朵，顿时便有一股电流贯穿了全身，而脸蛋，也噌地变得通红，哪里还看得出病人的孱弱？

“打完针你就知道了。”

什么什么？刚才的那个亲吻，难道还不是奖励吗？苏曼宁的整颗心都快要炸开了好吗，她真的只差转过身说“你要我做什么都可以”了。

十分钟后，护士端着注射器进了病房。楚南洵坐在苏曼宁的身后，而苏曼宁只顾着心猿意马了，连护士都忍不住惊叹道：“今天是最让人省心的一次扎针了。”虽然她不明白，为什么一个像猴子一样上蹿下跳的女人会突然变得像兔子一般乖顺。

苏曼宁正抱着楚南洵的设计图高兴得在床上各种打滚时，沈梦汐推门进来了。

“梦汐姐，你来啦？你看，这是大师为我设计的手链！我要赶紧晒个朋友圈炫耀一下！”

沈梦汐眼睛瞪得老圆，她是知道两人和好了，可没想到的是，两人已经好到了这个程度。

“好你一个楚南洵，我平时好说歹说地求你给我设计，你总说没时间。有了女朋友，你就丢掉你的傲娇和原则，你对得起我吗？”

坐在一旁的楚南洵无所谓地挑了挑眉，眼神似乎在说：“你能拿我怎么样？”转而又看向苏曼宁，眼里是说不出的宠溺。

苏曼宁整个人也是傻了，明明之前就算没发生任何矛盾，对她也是不冷不热的，这突然而来的宠爱，既让人怦然心动，又让人有些惴惴不安，这不会是他们之间的爱情的最后一点回光返照吧？

第二天，楚南洵提着早餐进了病房，却不见苏曼宁的身影，问了护士，护士也说不知道，而手机也放在床头。等了一会儿还是不见人回来，楚南洵便起身去找。医院比较大，整个楼层都走遍了后，楚南洵也没发现苏曼宁的身影，不免变得有些忧心忡忡。

而正在着急的时候，突然一个身影蹿进了他的视野，她貌似也发现了他，像见了鬼似的往后跑。楚南洵来不及费解，加快脚步追了上去。

因为穿的是拖鞋，所以跑起来很不方便，苏曼宁跑得急，拖鞋一下子跑丢了，想要跑回去捡，却发现楚南洵快追上她了，于是光着脚继续往前跑。

慌不择路，最后跑到了走廊的尽头，苏曼宁索性往一侧的厕所里钻，随即便传来她的惊声尖叫，我的个乖乖，是男厕啊……

苏曼宁连忙捂着眼睛往外走，却“咚”的一声撞到了墙壁上，鼻子里顿时感觉到了一股热流，正手足无措的时候，突然感觉自己双脚离了地，一个熟悉的公主抱啊……

楚南洵直接把苏曼宁抱去了护士站。因为要处理鼻血，所以楚南洵先出去了，等再进去的时候，苏曼宁鼻子被塞了纱布，觉得没脸再见人，又连忙捂住了自己的眼睛。

楚南洵也不多问，上前把她抱了起来，然后往病房里走。

到了病房后，楚南洵说了第一句话：“我真的不太喜欢运动！”

苏曼宁索性也把手放了下来，低垂着头，支吾着说了一句“对不起”。

“痛吗？”

苏曼宁摇了摇头。

“胆子大了，居然敢往男厕跑？”

“跑错了……”

“所以，为什么要跑？还是看到我？”

“我怕……”

“怕什么？”

“怕……”

苏曼宁话还未说出口，便被楚南洵封了唇。因为鼻子是堵着的，所以不到一会儿苏曼宁便有些喘不过气了，等楚南洵撤走的时候，苏曼宁整张脸已经红透了，缺氧加害羞，完全是暴击啊！

“还怕吗？”

苏曼宁猛摇头，害羞地咬住了唇。

起初，楚南洵确实不知道苏曼宁为什么要跑，但就在她处理鼻血的时间，忽然就想明白了。她是不太确定他的心，一个起初对她不闻不问的男人，突然间变得这么热情，任谁心里也会打鼓。

只是他也没有想到，他会是这种急切的人，一旦确定了自己的心意后，所有的感情便像一个装得满满牛奶的盒子突然被打开了一个口子，倾涌而出，势不可当，不只是别人，连他自己，都有些吓一跳。

见苏曼宁还傻傻地愣在那里，楚南洵起身慢条斯理地用碗盛好粥，然后舀一勺递过去。

“不是很早前就说过吗？这种冲动以后还会有，要随时做好心理准备……”

9

第九章

Chapter

不行了，我要得糖尿病了

苏曼宁在楚南洵这两天的悉心照顾下，很快就出院了，因为各自都有事要忙，所以准备在医院门口告别。

“对不起啊，要不是我，你的设计稿也不会被烧掉……”

“跟你没关系，这样的事情，我不允许还有下一次。”

“嗯，下次我一定早点冲进去……”

楚南洵温柔地摸了摸苏曼宁的头，解释道：“我的意思是，比起设计稿，你更重要。”

苏曼宁一个感动，想要扑进楚南洵的怀里，却被楚南洵给制止了：“小心狗仔！”

苏曼宁委屈地撇了撇嘴：“那先欠着……”

楚南洵扬唇一笑，点了点头。

这一幕，让坐在车里的沈梦汐看得起了一身的鸡皮疙瘩。

“我的个乖乖，这绝对不是我认识的那个死宅男！”

司机小王一听，委屈地一咬唇：“沈小姐，我怎么感觉你在骂我呢？”

“开你的车，没你什么事儿！”

“哦！”

沈梦汐是来接楚南洵的，是楚家难得的家宴，本想把苏曼宁也带上，但因为她住院这段时间，耽误了太多的工作，所以没办法去，而且楚南洵也不同意。

“不过是吃个饭，再耽误小半天也没关系的吧？”沈梦汐问道。

“还没到时候。”楚南洵闭着眼幽幽地回了一句。

“什么没到时候，我看你们现在腻歪的样儿，随时都有领证结婚的可能。”

楚南洵不说话了，睁开眼睛看向了车外，一副心事重重的样子。他说的没到时候，不仅是因为两人才开始交往，时机还不成熟，还有苏曼宁的身份，不知道家人知道后，会不会像他这样这么快地接受。

“一会儿别多嘴。”楚南洵说了一句后，又闭上了眼睛。

沈梦汐“嘁”了一声，也不再理会了。

家宴本来准备在老宅子里准备的，但因为火灾，很多地方还需要修缮，所以临时改地方去了楚南洵的叔叔家，城郊的一栋别墅里。

只是令楚南洵没有想到的是，除了不该出现的唐静雯外，还多了一个人——楚辰南。

离家出走，十几年都对他不闻不问的父亲，居然在这时候出现了。

因为念及老太太，所以楚南洵表现得很是镇定，他微微朝楚辰南躬了躬身，便算作打招呼了，生疏而又冷然。

楚辰南一身粗布长衫，还带着一些风尘仆仆的味道。虽说过去了十几年，但他似乎还和楚南洵儿时的记忆一样，高大挺拔，温润儒雅，永远都是一副淑人君子的姿态，在这一点上，两父子还是很像的。

阳台很宽敞，原木根雕的桌子上，放着一整套的茶具。楚南洵坐在桌前，慢条斯理地泡着功夫茶，楚辰南在做了一番心理建设后，准备上前。

“叔叔好，久闻叔叔大名，今日能见到，真是我的荣幸。”唐静雯不知道从哪里冒了出来。

楚辰南礼貌地回以一笑，听沈梦汐的妈妈说，唐静雯跟楚南洵以后是要结婚的关系，所以这一笑中，多了些慈祥和欣慰。

两人一同在茶桌前坐下，三人则是不同程度的尴尬。

楚南洵拿起茶壶，还是礼貌地给两人倒了杯茶。

关于楚南洵和楚辰南之间的事，唐静雯多少知道一点点，所以为了缓解此时尴尬的气氛，试着找一些话题来聊。

“今天看了叔叔，才知道洵的气质像您，不过，叔叔更有些仙风道骨的味道……”

“不问世事，自然是有些仙风道骨。”楚南洵不咸不淡地附和了一句，端起茶杯一饮而尽后，起身便走。

“小可……”

楚辰南这一叫，楚南洵便有些沉不住气了，他定在原地，双手不自觉地捏紧了拳头，虽然心里各种压抑，但话到嘴边却依旧是不紧不慢：“这里没有小可……”说完，长腿一迈进了屋。

“呀，原来洵有个这么可爱的小名……”唐静雯尴尬地笑了笑，并没有起到任何缓解气氛的作用。

以往的家宴，大家言笑晏晏，气氛很是融洽，但今天由于楚辰南的出现，让整个饭桌安静得有些可怕。

“回来了就好，回来了就好，难得聚得这么齐，大家还是不要僵着了。”说话的是沈梦汐的妈妈，“静雯，洵儿最喜欢吃鱼了，你离得近，多给他夹一些。”

“好！”唐静雯说完便起筷，可等她夹起一大块鱼肉后，楚南洵冷冷地说了一句：“不劳你费心。”

唐静雯多少有些尴尬，转而把鱼肉朝一旁的沈梦汐碗里放：“那梦汐多吃一点。”

沈梦汐咂了下嘴，不领情道：“我不爱吃鱼。”

“那……那我自己吃。”唐静雯又只好夹了回来。

这样一来，桌面上的气氛更加尴尬了。

“听说你跟静雯要结婚了是吧？”楚辰南小心地问了一句。

连自己儿子是不是要结婚了，都要靠听说，这父亲当得还真是有些后知后觉呢！

唐静雯一听到这个话题，心也开始不自觉地突突突乱跳，有些害羞也有些害怕地看了一眼楚南洵。

“我是要结婚了。”楚南洵淡淡地说了一句。

正当唐静雯有些喜出望外的时候，一旁的沈梦汐补了一句：“不过不是跟她。”

“那是谁？”在场的所有人几乎都异口同声地问。

沈梦汐闭了嘴，一副看好戏的表情看着楚南洵。

而楚南洵表情一直淡淡的，他端起碗，优雅地喝了一口汤后，看向老太太：“奶奶会喜欢她的！”

老太太愣了一下，忽而笑开了，应和道：“洵儿喜欢的，奶奶自然也喜欢。”

原以为这样的对话已经结束了，谁知，顿了两秒后，楚南洵闷闷地嘀咕了一句：“嗯，我很喜欢！”像是在回答，也像是在自言自语。

这一刻，唐静雯才真正意识到，楚南洵一直未曾真正属于过她。

像是感应到有人在想她似的，苏曼宁连续打了三个喷嚏，唐钰起身为她倒了一杯热水给她。

“刚出院就来工作，身体吃得消吗？”

苏曼宁揉了揉鼻子：“没事啦，我是打不死的小强，而且大难不死必有后福，不能因为我，再拖剧组的进度了。”说完忍不住又打了个喷嚏。可能是某人太想我了吧？哈哈！苏曼宁如是想。

“啊，对了，忘了告诉你，这次拍摄取景，会到古绝镇，就是我们曾经认识的地方，所以，可以趁此机会看看，你能不能想起些什么。”

“真的吗？”苏曼宁有些小激动，心里却又难免有些害怕，表情随即也黯淡下来。

“怎么了？”

“虽然我很期待能见到我的家人，却害怕听到一些不好的消息。”

唐钰了然地叹了一口气，拍了拍苏曼宁的肩头，安慰道：“没事的，有我陪你。”

苏曼宁欣慰地点了点头，又想到了什么，奚落道：“不过，你算哪门子的朋友，居然连我的名字都记不住。”

“不是我记不住好吗，你都不知道你小时候多古灵精怪，每次问你名字你说得都不一样。”

“哈哈哈！嗯，这倒是像我的作风……”

两人谈笑间，Sunny 拿着电话走了进来：“曼宁，院长的电话！”

苏曼宁起身拿起电话，走到一边接了起来……

苏曼宁没有想到，和楚南洵的这一次分开，居然会长达一个多月。她忙着奔波拍戏走不开，剧组的配饰基本上都完成了，按理说，楚南洵的时间该是空出来了啊，可是为什么，不见他来探班呢？

苏曼宁趴在桌子上，无聊地玩着手机，嘴巴噘得老高，不来就算了，连个电话、短信都没有，难道已经把她忘了吗？

正烦恼时，楚南洵的视频电话打了过来。苏曼宁立马像打了鸡血一样弹起来，激动地按了接听键。

“大师！大师！”苏曼宁挥着手激动地打着招呼。

楚南洵一副刚睡醒的样子，打了个哈欠，眼睛永远半睁着，没有精神的颓靡样儿。

“有没有乖啊？”楚南洵低沉的嗓音，让人一酥。

手机应该是放在某个地方的，苏曼宁看着他从柜子里拿出泡面，一系列的动作完成后，他单手托着头，冲苏曼宁笑了笑。

“大师，你怎么又吃泡面啊？你厨艺不是挺好的吗？”

“啊，没买菜，冰箱是空的。”说完楚南洵又打了哈欠，迷糊的样子，竟异常帅气可爱。

“啧啧啧……最看不惯的就是他这副要死不活的样子。”

沈梦汐不知道什么时候出现在了苏曼宁的身后，因为还穿着戏服，而且还是大浓妆，楚南洵一时没反应过来，吓得往后一仰，一屁股坐在了地上。

“大师，你没事吧？”

楚南洵恹恹地从地上爬起来，自言自语地叨咕了一句：“啊，还好泡面没事……”

苏曼宁双手捧着脸，一副花痴的迷醉样儿：“大师真可爱……”

沈梦汐有些受不了地搓了搓胳膊，坐在一旁的躺椅上嘀咕了一句：“什么时候才会有单身狗保护协会啊……”

“大师，你最近在忙什么啊？都不跟我联系？”

“睡觉……”楚南洵和沈梦汐几乎异口同声道。

正当苏曼宁吃惊的时候，一旁的沈梦汐解释道：“他要是没工作，又没人叫他的话，睡上半年都是有可能的……”

“啊？这么喜欢睡觉啊？”

楚南洵打开泡面，忽然邪魅一笑：“你要是有空，可以一起睡啊……”

“嗯？”突然之间就被撩，苏曼宁的那颗小心脏啊，迟早得从肚子里跳出来。

大师啊大师，有没有听别人说过，你其实很闷骚的啊？

“还好梦汐姐你没把糖豆给他照顾……”

“是啊，别说糖豆了，连乌龟都不能幸免……”

“好了，我要吃面了，先挂了，过几天再去看你！”楚南洵说完，也不等苏曼宁回应，便直接挂掉了。

等了一个多月，就见了这几分钟，对苏曼宁来说，显然是不够解相思之苦的。

“我都还没跟他解释我跟唐钰的绯闻呢……”

除去前面的不说，因为跟唐钰是旧相识，所以拍戏的时候，两人难免会走得很近，所以关于他们俩的绯闻一直在不断地发酵。

“不用解释的，我哥从来不看八卦新闻……”

“咦？那第一次我跟唐钰出绯闻时，打他的电话一直都是关机的，难道不是因为生我的气吗？”沈梦汐哼了一声,苏曼宁便像明白了什么，“哦，肯定也是在睡觉……”

这时，助理过来叫沈梦汐。沈梦汐起身叹了口气，然后拍了拍苏曼宁的肩头：“对不住啊曼宁，把你推向了我哥这个火坑……”

“客气，客气，这个火坑很暖和，我喜欢……”

沈梦汐白了一眼，嘀咕了一句：“啧啧啧，烧得慌……”

来到古绝镇也有小半个月了，但是关于苏曼宁的身世，镇上的人却没人说得清楚，不过能确定的一点就是，苏曼宁有一个单亲妈妈，因为十几年没见过了，所以，究竟是死是活，也没人知道。

因为有一段哭戏，苏曼宁始终挤不出眼泪，被导演骂了一通后，休息半小时后再拍。此时的苏曼宁正站在石桥上，一脸的沮丧。

“作为新人你已经很不错了，导演也没有表面上那么凶。”这时，唐钰走过来安慰道。

苏曼宁叹了口气。今天下了小雨，路面湿漉漉的。

这座桥大概是被荒废了，长出了不少的杂草青苔，此时，雨势已经小了很多，不过时不时地还是能看到水面上荡起一圈圈的涟漪。

“我觉得自己心好硬，明明知道了有一个妈妈，但是她不管是死是活，虽然会难过，但感觉却不会那么强烈。”

“很正常啊，毕竟关于你和你妈妈的记忆，你都想不起来了。就像我一样，生下来就没有爸爸，别人也总会问我想不想爸爸，我就觉得很奇怪，一个都没见过面的人，何谈想不想的问题。”

听唐钰这么一安慰，苏曼宁当真是豁然了许多：“不过，哭戏对我来说，真的好难啊，一会儿肯定又被导演骂了。”

唐钰勾了勾手，示意苏曼宁靠得近一些，然后在她耳边窸窸窣窣地说了些什么，再看苏曼宁的表情时，竟已经立竿见影了。

“对，保持好这种情绪，一会儿准能哭出来……”

导演的一声“Action”，苏曼宁想起刚才唐钰说的话，心里猛地一酸，不过三秒钟，眼泪便夺眶而出了，连导演都看得有些傻眼了，这完全可以评得上名演技了。

梨花带雨，楚楚可怜，而且那双乌黑的眸子，被眼泪浸湿后，犹如沉在水滴的黑曜石般，闪亮又有光泽。

只是这样的情绪延续得太久，以至于导演都喊“cut”了，苏曼宁的眼泪还有些止不住，不管身边的人如何安慰都起不到作用，入戏之深，难以自拔。

“不是叫你乖乖的吗？”这时，楚南洵的声音突然出现在了头顶。

苏曼宁一怔，猛地抬起头，呜咽道：“难道已经产生幻觉了吗？”

楚南洵半蹲下身子，用手捏了捏苏曼宁的脸，反问道：“痛吗？”

苏曼宁点点头。

“那我还是幻觉吗？”

苏曼宁委屈地一撇嘴，然后朝楚南洵扑了过去：“大师，你总算来了，我还以为你不要我了……”

“啊，你能先撤开吗？我的腰不行了……”

“……”

原来，唐钰在苏曼宁耳边说的是——想一想你最爱的人突然离去了，或者说不要你了……那苏曼宁目前最爱的人，只有楚南洵啊，所以一想到楚南洵不要她了，没哭个半死都算她收敛的了。

好在楚南洵及时出现，不然，这一时半会儿，整个剧组的情绪都会被她影响。

因为下午没苏曼宁的戏，所以苏曼宁便带着楚南洵去了镇上，说是给他介绍一下自己的“老家”。

最后却在镇上迷了路，于是就近找了一家茶馆喝喝茶。

天啦，明明两天前才通过视频，而且现在人还就在眼前，居然还是有些解不了相思之渴，眼巴巴地盯着楚南洵滚动的喉结和红润的薄唇想入非非。

“你很热吗？”楚南洵放下手里的茶杯。

苏曼宁不好意思地摇了摇头，尴尬地笑了笑后，把头转向外面。雨已经完全停了，而且还有一点点的阳光，深吸一口气，有着雨后泥土的清香，苏曼宁忽然轻松了不少，这往后的日子，哪怕什么都不做，能跟心爱的人坐在一起，也是极其幸福的事情呢！

“你想起什么了吗？”楚南洵轻声问了句，眼神有些飘忽。

苏曼宁摇了摇头：“虽然什么都没想起来，但是在拍戏前，福利院的院长给我打电话了，说是以前经常资助我的那个叔叔回来找过我。不知道为什么，我总感觉他应该知道我的身世。”

听到这里，楚南洵想要端起茶杯的手猛地一僵，按照时间来推算，那个“叔叔”出现的时间其实跟楚辰南出现的时间是一致的，这便更加让楚南洵断定自己之前的想法。

见楚南洵一直喝茶不说话，苏曼宁心想，可能是他不喜欢这样的话题，于是话锋一转，站起身指着不远处说道：“大师，你不是喜欢看戏吗？那边好像有戏台。”

楚南洵挑了挑眉：“路痴，戏院在这边……”

苏曼宁眼睛一亮：“原来你认得路啊？”

楚南洵站起了身，弯腰摸了摸苏曼宁的头，微微一笑道：“我会对你好的！”

正当苏曼宁不理解突然说这句话是什么含义时，走在前面的楚南洵幽幽地说了一句：“一个转弯就能迷路的笨蛋，再不对你好一点，说不定哪天就看不见你了……”

苏曼宁呆萌呆萌地眨了下眼，她刚刚这是被嫌弃了还是被撩了？

镇上的戏台子很小，而且今天的戏也已经唱完了。两人坐在石阶上，看着戏台子上面的人忙碌地进行着收尾工作。

“你为什么会喜欢听戏啊？”在苏曼宁看来，现在的年轻人对戏剧类的东西真的很难有兴趣。

“受我奶奶的影响吧。从小看着她在台上唱戏，觉得不管是戏服还是唱腔，都非常美。”

“哦，那你会选择设计也是因为你爸爸吧？”苏曼宁说完，看楚南洵的脸色不是很好，估摸着可能楚南洵不喜欢这个话题，于是话锋一转道，“哈哈，今天天气真不错！”

两人坐在一起聊了很多，苏曼宁自己也说不清楚，为什么挺枯燥的话题，经楚南洵的口说出来，却突然变得如此有趣生动。或许像某个人说的，喜欢一个人，就会慢慢地喜欢他的所有，然后也会慢慢地喜欢上喜欢他的自己。

时间在无涯的荒野中慢慢地行走着，然后安排你遇见那个人，没有早一步，也没有晚一步，就那么刚巧，赶上了，然后便执手纤风，共夕阳。

“你跟唐钰不像是才认识的……”楚南洵话锋突然一转，吓得苏曼宁一激灵。

“梦汐姐不是说，你不看八卦新闻的吗？”

楚南洵侧过脸看着她，哼了一声：“敢情是全世界都知道了，我才刚知道是吗？”

“什……什么意思？”

“我不过是恰巧来得有些早，看到了一些不想看到的东西。”

有些早？苏曼宁一回想，该不会是刚好看到唐钰凑到她耳边说悄悄话的那一幕吧？

“啊，那个我可以解释的，因为……”

苏曼宁叽里呱啦地把事情的来龙去脉说得清清楚楚，还以为楚南洵会继续追问什么，谁知道他却站起了身，伸了个懒腰说：“啊，该回去睡觉了……”

“又睡？”苏曼宁是真有点摸不清他的套路了。

“要不一起？”楚南洵邪魅一笑。

“啊……一会儿还有我的戏呢，这会儿估计导演都在找我了……”苏曼宁被逗得脸一红，借机开溜了。

楚南洵看着跑开的背影，扬唇一笑。

以前是不看八卦新闻的，可如果八卦新闻里有你，便产生兴致了。

虽然知道你不会始乱终弃，但是亲耳听到你的解释，就好像被再次告白了一样。

“喂，跑错方向了！路痴……”

10

第十章

Chapter

论关系如何更进一步

楚南洵因为第二天要去外地出差，所以不能久留。苏曼宁把楚南洵送到他停车的地方。因为不想这么快就分开，所以一路上苏曼宁的情绪很是低迷，一句话也没说。

她很想要扑过去抱住他，可是又不太敢，一是怕狗仔，二是怕楚南洵不喜欢。他可以毫无顾忌地撩她千百回，甚至可以对她乱发脾气，可是她却不敢这样对他，怕被讨厌，所以，必须要小心翼翼。

楚南洵转过身，看到苏曼宁正垂着头，用脚踢着路面的小石子。天色已经擦黑，她穿着黑色的卫衣和紧身的铅笔裤，刘海垂下，遮住了眼睛，可就算不看眼神，楚南洵也能知道她此时的心情。

小丫头就是小丫头，一点点的情绪，都是藏不住的。

“要不，抱一下？”

苏曼宁一听，猛地抬起头，眼眸瞬间变得清亮起来：“可以吗？”

楚南洵摊开双手，嘴角扬起了一个好看的弧度，挑挑眉道：“我看过了，没有狗仔！”

苏曼宁这下高兴坏了，明明只有两步不到的距离，却非要跑过去，然后扎扎实实地撞进了楚南洵的怀里。

她像只小猫一样在楚南洵的怀里蹭了蹭，而后露出了满足的笑脸抬起头看向楚南洵。

“好想这么一直抱着啊……”

楚南洵笑了笑，摸了摸她的头：“这样会血脉不通，半身不遂的。”

“我不管，半身不遂我也愿意。”

“那要不，别拍戏了，跟我走？”

苏曼宁松开手，表情一下子严肃了起来，看样子像是在深思熟虑。楚南洵正想说些什么的时候，苏曼宁特别正经地回答：“小时候院长就跟我们说了，做人一定要有责任心，不能半途而废，所以，对不起，我暂时还不能跟你走。”

楚南洵眉毛一耸，被眼前的小丫头给可爱到了，他不过就是顺口说说的，她居然还当真了。

“嗯，那你加油！有什么事给我打电话。”

“那你不要动不动就关机呀……”

楚南洵一愣，笑着回了句：“好！”

苏曼宁回到剧组，还没等她把刚才的甜蜜回忆够，便被突然围上的工作人员给吓了一跳。

“曼宁，那个就是楚南洵吧？本人比杂志上还帅呢！”

“哇，你 boss 可以呀，居然还亲自来探班。”

“什么 boss 呀，我看是 boyfriend 吧？刚刚还看到他们牵手了……”

“……”

苏曼宁有些尴尬，不过看到她们羡慕的眼神，心里忍不住有些美滋滋。要不是顾及楚南洵和目前不宜公开的身份，她早就想向她们显摆了——

“看看，羡慕吧？这就是我的男朋友。不仅人长得帅，能力也是顶级的棒！而且我还很有可能是他喜欢的第一个女孩子呢！”

果然，拥有一个各方面都很优秀的“男票”这件事，一不小心就容易让人骄傲呢！

接下来的拍摄工作，苏曼宁进行得很是顺利，这回，卡在了女主角沈梦汐那里。

因为吻戏。

倒不是说沈梦汐不敬业，实在是因为最近跟唐钰的关系越来越火，两人除了拍摄的时候感情“很好”外，私下里一见面就各种互怼。

比如，某次午饭时间。

“啧啧啧，就算你每顿白菜豆腐，也减不了肥的。”

沈梦汐气得白眼一翻：“你哪只眼睛看到我胖了？”

唐钰指了指一旁正在喝水的马，说道：“你看，马都累瘦了……”

说完他往嘴里塞了一大口肉，看得沈梦汐忍不住咽口水，因为戏服做得比较小，所以最近她的饮食基本没有任何的油水。

“你放心，我一会儿跟导演说，让他减少一些骑马的戏，毕竟，马也是条生命……”

沈梦汐气得够呛，起身一脚就踹在了唐钰的小腿上，他疼的同时，还把筷子上的鸡腿给抖掉在了地上。

又比如唐钰在某次上妆的时候睡着了，沈梦汐支走了他的造型师，然后给他画了个鬼妆——醒来后的唐钰被自己吓了一跳，一屁股就坐在了地上。

这还不够，沈梦汐还直接拍了照片传上了自己的微博，并配字道："安洵公子，翎儿给你画的妆容，你是否还满意？"

唐钰气得是吹胡子瞪眼，为了拿回照片，各种掉身段的事情都做过，但是道高一尺魔高一丈，在这方面，唐钰实在不是沈梦汐的对手。

当然啦，这些都扯远了，现在最让导演焦急的是，还是两人的第一场吻戏。

其实两人都非常专业且敬业的，平时再怎么吵吵，一喊"action"，两人便能迅速地进入到状态，而吻戏，毕竟关系到敏感部位的接触，所以，拍摄起来，貌似有些艰难。

"虽然小时候的事情我只想起一点点，但这样闹腾的性格实在是有些不像你啊。"苏曼宁一边吃着冰激凌，一边感叹。

"有时候，人的性格走向，是跟碰到的人有关系的。"唐钰双手抱胸，眼睛一直盯着不远处的沈梦汐。

"哦。不过，这样子的梦汐姐，也是跟你在一起的时候，才会出现呢！讲真的，你们俩站在一起，真的很配！"

唐钰听到这句，瞬间爹毛了："跟小猪小狗配，也不跟她配！"

苏曼宁吓得冰激凌都掉了，下意识地咽了口口水，唐哥哥呀，你这样贬低自己，真的好吗？

休息了半小时后，唐钰和沈梦汐再次上场。

苏曼宁嗒嗒嗒地跑到一边的小冰箱旁，又拿了个冰激凌，回到座位一副吃瓜群众的模样继续看好戏。

起初NG是因为两人心理上的排斥，而这次的连续NG却是因为角度和姿势表情不太对，在导演第N次喊“cut”的时候，唐钰突然凑到沈梦汐的耳边低语道：“你是故意NG的吧？就这么想和我亲？”

沈梦汐咬牙切齿地反驳：“谁想跟你亲？明明是你吻技差才NG的。”

唐钰气得瞪了眼，想反驳些什么的时候，导演又喊了“action”。

两人又迅速地进入状态。

“洵，不过才小半月不见，你怎生得如此这般憔悴？”沈梦汐眼含泪光，双手轻抚唐钰的脸颊。

“也想不相思，可免相思苦。几次细思量，情愿相思苦！”唐钰说完，用手抓住了沈梦汐的手，然后顺势一拉，便把人拉入怀。

而正在这个时候，唐钰突然在沈梦汐耳边嘀咕了一句：“让你见识一下我的吻技。”

沈梦汐一怔，还没等她反应过来，唐钰便已经凑了过来。沈梦汐下意识想要躲开，可唐钰环在她腰间的手就像铁箍一样让她动弹不得，而且唐钰还趁她惊慌之时，长舌直入，肆无忌惮地侵略一通。

可名演员加名演技就是不一样，明明是剑拔弩张的态势，在镜头前却仍旧表现得像是情到深处的真情侣一般，温润胶着，所以，这一次，导演没喊“cut”，甚至看得有些忘乎所以了。

谁叫导演是女的来着？

苏曼宁看得也是瞠目结舌、春心荡漾，兀自庆幸，还好她的大师不是什么演员，不然她真的会分分钟心碎的。

等导演终于想起来喊“cut”的时候，沈梦汐抬手就扇了唐钰一个耳光，响亮的声音把在场所有的人都给吓到了。

“阿桑（沈梦汐的经纪人），请律师，这部戏我不拍了！”说完，沈梦汐便气呼呼地离开了片场。

站在原地的唐钰舔了舔唇，露出了一丝坏坏的笑容，没有做任何的解释，也朝着自己的保姆车走去了。

原以为两人跟平时一样闹闹小别扭，谁知这一次沈梦汐来真的了。戏拍到一半，女主角提出解约，的确是让人很头痛的事。

却也不能因此耽误接下来的工作，苏曼宁把她的独场戏部分拍完后，导演便让她先回去休息了。至于剧组如何处理这次突发事故，苏曼宁不知道，似乎也帮不上任何的忙。

“违约的话，会赔不少钱吧？”此时，苏曼宁正在家跟楚南洵视频电话。

楚南洵今天穿着比较正式，说是刚刚结束专访。他一边解扣子一边回道：“没关系，她有的是钱。”

“有钱就是任性啊。不过，大师，真庆幸你不是演员，不然看到你跟别的女孩儿亲密接触，我肯定会受不了的。”

说话间，楚南洵已经把衣服脱了下来。苏曼宁一惊，连忙捂住了眼睛：“干吗突然脱衣服啊？”

“不脱衣服怎么洗澡？”楚南洵似乎没觉得哪里不妥，看着视频里，一直捂着脸的小丫头，笑道，“指缝那么宽，确定没在偷看？”

苏曼宁被逗得脸一红，急忙转过身：“干吗非要在这个时候洗澡？”

楚南洵闻了闻身上的味道，皱了眉：“不舒服，全是各种香水的味道……”

“香水？”苏曼宁一惊，急得转过身，“你身上怎么会有香水味？还各种？”

“不害羞了？”

楚南洵这么一说，苏曼宁话还没说出口，脸便先红了起来，既然是免费的，不如就光明正大地偷瞄一眼？

宽阔的肩膀，结实的胸膛，紧致平坦的小腹……

不好，有什么东西烧起来了……

苏曼宁愣了两秒后，慌乱地拿起手机，挂断了电话。

而另一边的楚南洵，不禁哑然失笑，细想起来，觉得还真是有些奇怪，明明之前是个分分钟都能让人抓狂的女人，现在却怎么看都觉得可爱。

人，还真是一种奇怪又无解的生物。

趁着最近空闲，苏曼宁准备去一趟福利院，一是去问问那位“好心叔叔”的事，二则是看看福利院有什么需要帮忙的，可以做一下志愿者。

“曼宁，快快快，那位一直帮助你的‘叔叔’，刚刚才离开……”院长一看到苏曼宁出现，便着急地说道。

苏曼宁想也没想，转身拔腿追了出去，然后在路边碰到了正要上车的楚辰南。

“叔叔，你是吗？”

楚辰南的手一僵，转过身愣了两秒后，嘴角轻轻地上扬：“曼宁？”

苏曼宁激动地点了点头，她往前跑了两步，不知道如何形容此时的心情。

“终于见到你了！这么多年来，谢谢你对我的资助，一直没有机会当面说谢谢……”

楚辰南扫视了一下苏曼宁，眼里竟是欣慰之色，抬手拍了拍她的肩头，笑道：“看到你一切都好，我就放心了。”

“嗯嗯，我现在很好，吃得好，睡得好，而且……”苏曼宁不禁脸一红，“也有了男朋友，嗯，对我也很好。”

楚辰南微微一惊，而后爽朗地笑开：“真好，你妈妈要是也知道，应该也放心了。”

苏曼宁一听，连忙上前拉住楚辰南的手臂，眼睛发亮道：“你真的认识我妈妈啊？那快告诉我，她在哪里？”

楚辰南眼里闪过一丝慌张，他撇开苏曼宁的手，解释道：“我……我不认识你妈妈，我的意思是说，如果你妈妈知道……”

苏曼宁的眼神瞬间黯淡了下来：“对不起，是我激动了……”

看着眼前沮丧的丫头，楚辰南眼里蒙上了一抹忧伤，他想要抬手摸摸她的头以示安慰，可犹豫了两秒后，还是放弃了。

“曼宁，我还有事，所以就先走了，有空我还会来看你的……”

“什么时候？”苏曼宁有些急了，生怕这次见面是第一次也会是最后一次，虽然不知道这样的感觉是怎么来的。

楚辰南没有说话，苏曼宁又追问道：“我可以留你电话吗？”

楚辰南犹豫了两秒后，点了点头，接过苏曼宁的手机输入了自己的电话号码，而这时，刚刚停完车的 Sunny 找了过来。

“给孩子们的礼物已经搬进去了，哎哟，我的个亲娘，累死我了……”Sunny 往额头抹了一把汗，看向楚辰南，微微躬了躬身，“您就是那位好心的‘叔叔’吧？我是曼宁的经纪人，感谢您对我们曼宁一直以来的照顾。”

楚辰南微微颔首，然后把手机还给曼宁后，便转身上车了。

苏曼宁看着他慢慢远去的车，微微叹了口气，有些说不上来心里是什么感觉。

“这位叔叔看起来好年轻啊！”Sunny 手托着下巴，微微皱着眉头，“总感觉在哪里见过……”

“Sunny，你说，他会不会是我爸爸？”

“啊？”

“电视剧里不都是这么演的吗？因为有不得已的理由，所以不得不抛弃自己的子女，而又因为心存愧疚，所以便以另外一种形式守护自己的孩子？”

Sunny 一个栗暴敲在苏曼宁的脑门儿上：“想太多！你跟他可一点也不像……”

“说不定我像妈妈呢？”

“那你下次见到他，叫他声‘爸爸’，看他什么反应？”

苏曼宁：“……”

楚南洵今天从外地回来了，所以，在福利院忙活了一整天的苏曼宁，这会儿正满心期盼地站在门口，等着楚南洵来接她，一起去吃晚饭。

这可是两人在一起后，正式的约会呢！

早知道来之前好好打扮一番了。

“你好，请问你是苏曼宁吗？”正在这时，一个陌生男子走上了前。

苏曼宁迷糊地点了点头，陌生男子一下子兴奋了起来：“那个，我……我是你的粉丝，没……没带笔，要不到签名，可……可以跟你合影吗？”

这样的情况虽然不多见，但每每碰上，苏曼宁还是很乐意的，配合着拍了几张照片后，陌生男子高兴地离开了，而这时，楚南洵的车也已经到了跟前。

他按下车窗，一脸疲惫地看向苏曼宁，问道：“你会开车吗？”

苏曼宁愣了一下后，点了点头。

车上放着舒缓的古典音乐，楚南洵看上去很是疲惫，闭着眼在休息。苏曼宁怕音乐吵着他，便顺手关掉了。

“刚刚那男的是谁？”楚南洵幽幽问了一句。

苏曼宁被吓了一跳，有些没反应过来：“啊，是粉丝，求合影的。”

“哦……”

“你不是还要过两天才回来吗？”

“嗯！”

“那为什么今天就回来了？”

“想你……”

楚南洵此时的声音微弱却很有磁性，像是一把琴弓，肆无忌惮地拨弄着苏曼宁的心弦。她转身看了眼楚南洵，他已经换了个比较舒服的姿势，沉沉地睡过去了，安静的车厢里，似乎还能听到他那平缓又有节奏的呼吸声……

当然，还有苏曼宁那不安分的心跳声。

楚南洵醒过来的时候，外面已经下雨了。可能是怕他睡着时冷，车里还开了暖气，再看看驾驶位的苏曼宁，趴在方向盘上，看样子已经睡得很熟了。

已经是晚上九点，他竟然睡了两个多小时，而这丫头竟忍着饿一直没叫他？

飘飘洒洒的雨点顺着玻璃被拉成一条条的线，车厢里很安静，昏黄的路灯映在苏曼宁安静的睡颜上，让她像只午后慵懒打盹儿的猫咪，可爱又温柔。楚南洵就这么定定地看着她，忽生心安，好像就这样过一辈子，也挺好。

此时此刻，楚南洵第一次有了想把这丫头娶回家的欲望。

苏曼宁最后是被香味给唤醒的，醒过来发现自己躺在床上，在脑子里搜索了一遍记忆，又看了看周围的设施后，突然脸就红了起来。

天啦，这是大师的房间，大师的床……

苏曼宁掀开被子查看了一下自己的着装，想一想又觉得自己的这种行为有些可笑，脸不自觉地更红了，肯定是给饿坏了，不然，脑子里怎么会有这么多乱七八糟的东西？

听到楚南洵的脚步声，苏曼宁连忙又躺平装睡。随着脚步声的临近，苏曼宁紧张地抓紧了被角。

“起来吃点东西，然后送你回去……”楚南洵这么一说，苏曼宁便睁开了眼睛，刚才所有的兴奋紧张，一下子就烟消云散了。她“哦”了一声后，从床上坐了起来。

“家里食材有限，将就着吃点吧！”楚南洵说完，便先走了出去。

苏曼宁不知道为什么，居然有一点点的沮丧。正常的情侣之间，不是该趁对方睡着的时候，来一个额头吻什么的吗？

看着桌子上的蔬菜萨拉和火腿煎蛋，苏曼宁叹了一口气，唉，果然是自己想太多了……

早知道就不跟着睡了，抱着第一次约会的心态，却没能好好的来一次所谓的烛光晚餐，多多少少还是有些遗憾的。

“快吃吧，很晚了。”

“哦……”

听这语气，像是在赶人了似的。

楚南洵似乎是看出了苏曼宁的小心思，夹了一块火腿到她的碗里：“今晚好好睡一觉，明天陪你。”

苏曼宁一听这话，眼睛忽地就亮了，刚刚还一副食欲不振的样子，此时突然就来了胃口：“嗯！”

饭吃完后，已经是晚上十一点了。楚南洵开车把苏曼宁送了回去，路程不是很远，不到十分钟，就到了公寓楼下。

两人坐在车里，谁都不说话，竟莫名地有些尴尬。

楚南洵解开自己的安全带，整个人朝副驾驶侧了过去。苏曼宁吓一跳，还以为他要搞什么突袭之吻时，才知道他只是帮她解开安全带。

“很晚了，早点上去休息。”

“哦！”苏曼宁应了一声，伸手去开了车门，“那，晚安……”

楚南洵淡淡一笑，朝她点了点头。

夜风很是凉爽，一下子就把苏曼宁身上的那一丝燥热气息给吹散了，天啦，在那样的环境里，脑子真的很容易失去思考能力。

深吸几口气后，苏曼宁总算平复下来，抬手按了电梯。就在电梯轿门快要关闭的时候，忽然伸进来一只手，吓得苏曼宁猛地一缩，而又在她毫无心理准备之时，被楚南洵围在了电梯的角落，然后深情地对视。

“告诉我，你刚刚一直期待的是什么？”楚南洵魅惑一笑，那半睁着的眸就像漩涡一般，让人一不小心就被摄取了魂魄。

“我……我没啊……”苏曼宁心里猛地一咯噔，整张脸唰地就全红了。

“哦，那可能是我理解错了，那我走了……”楚南洵说完便转身欲走，苏曼宁连忙拽住他的衣角，几乎是下意识的行为。

又害怕楚南洵转过身看到羞窘的她，苏曼宁一个上前，从背后抱住了楚南洵。

楚南洵想要转过身，苏曼宁却不肯，手上的增加了一些力度：“大师，谢谢你也喜欢我。我想，遇见你以后，我这辈子，应该不会再喜欢上别人了……”

身后的小丫头紧紧地贴着楚南洵的后背，没一会儿，楚南洵便感觉到，背心突然有些凉。他微微蹙了眉，解开苏曼宁环在腰间的手，转过去正对着她。

“哭什么？”楚南洵用手指拂去苏曼宁眼角的泪。

“高兴啊，就忍不住想要哭了……”

看着眼前的可人儿那楚楚可怜的样子，楚南洵伸出双臂，把她揽入了怀中，大手轻抚着她的小脑袋。

“要说谢谢，也应该是我，因为有了你，我才真正的体会到什么叫‘一日不见兮，思之如狂’。”

苏曼宁抹了一把眼泪，呆萌地抬头问道：“什么兮？”

楚南洵扑哧一下笑出了声，宠溺地唤了一声：“傻丫头……”

11

第十一章

Chapter

同学会

第二天，苏曼宁起了个大早。与其说早，还不如说激动得一晚上也没怎么睡，因为想起一会儿要跟楚南洵约会，那心情真是“锣鼓喧天，人山人海”啊！

一刻都消停不了的激动和兴奋。

可等她花了将近两个小时精心打扮，激动地给楚南洵打电话询问要去哪儿时，楚南洵却还在睡。

苏曼宁瞬间感觉头顶被泼了一盆冷水。

不过这也怨不得楚南洵，他当时只说是“陪你”，并没有说是什么约会，而且，虽然有时候撩人的情话信口就出来，但对于情侣间应该怎么相处，他是真没什么经验。

虽然有一点点的小失望，但是苏曼宁很快便调整好了心情，对啊，只要能跟喜欢的人在一起，就已经很足够了（哎，完全是在安慰自己……）。

半小时后，苏曼宁带着早餐出现在了楚南洵的门口。

楚南洵刚从床上爬起来，头发还有些乱糟糟的，看到一脸精神的苏曼宁，他俯下身抱住了她，声音慵懒地打了个招呼：“早上好！”

因为这一抱，让苏曼宁那残存的一点点不开心都烟消云散了。他身上还带着慵懒的馨香，整个人在他的怀里，暖暖的，这个专属于她的地方，真是太让人有些“乐不思蜀”了。

整个早上，楚南洵要么在泡茶，要么在看报纸，坐在沙发上，两个多小时都没挪过窝。苏曼宁把手机里能玩的APP都玩了一圈后，觉得有些无聊，跑到楚南洵的旁边坐下，小心地问道：“那个……你平常休息的时候，除了喝茶看报纸外，还做些什么？”

“睡觉……”

“除了睡觉呢？”

楚南洵认真地想了想：“斗地主算吗？”

苏曼宁眨巴两下眼，不放弃道：“不出门的吗？”

楚南洵摇了摇头：“除了工作以外，很少外出。”

苏曼宁泄气了，看来想要出去约会是不可能的了。

正在这时，楚南洵的电话响了起来。

“嗯……同学会？没空……嗯，好……”

简短的几个字后，楚南洵便挂断了电话，苏曼宁在听到“同学会”三个字后，不淡定了。

“你们要开同学会吗？高中还是大学？”

“嗯，大学……”

“那你不是有空吗？为什么不去？”

“不是说好了陪你？”

“可以带我一起去啊……”

楚南洵愣了两秒后，果断拒绝：“不行！”

“为什么？不允许带家属吗？”说到“家属”两个字，苏曼宁有些不好意思了，完全是脱口而出啊。

“不是。”

“那为什么？”

“我不想去……”

“去嘛，去嘛，多有意思啊，要不，我自己出份子钱？”

“不行……”

最后，楚南洵胜利了，他坐在沙发上看报纸，眼光时不时地瞥向对面的苏曼宁，小丫头垂着头，手里玩着手机，整个人看起来很是沮丧。

这是在跟他闹脾气呢？

“你就那么喜欢热闹？”楚南洵问。

“你如果不喜欢，我以后也不喜欢了……”

楚南洵一听，心里有些不是滋味，想了想后，叹了口气：“你等我一下，我去换衣服。”

苏曼宁猛地一抬头，有些激动但又有些忧愁：“你如果觉得勉强，也不用将就我。”

“不会，不过我有个要求……”

“什么？”

“你的活动范围必须在我的视线内。”

“没问题！”

本来恹恹的人，现在一下子来了精神，楚南洵释然一笑，似乎是有些拿她没办法了。

今年的同学会不同于以往，组织者诺亚以前是在学校的推理协会混的，所以，聚会的地点，没有直接告诉同学们，而是组织了一场寻宝类的活动。

“哇，你们同学会可真有意思啊！”

天气不错，一大早，太阳就照着脑门晒了。本来就不太喜欢户外活动的楚南洵，这一听说还要寻宝，便分分钟想要回家睡觉了。

“无聊……”楚南洵暗自嘀咕了一句，但一看到眼前这丫头兴致勃勃的样子，也不好扫她的兴，便拿出手机看第一个提示。

“887484826……10010110……”苏曼宁照着念了出来，随即眼睛一亮，“哈，前面这个是不是电话号码？”说完便激动地拿出手机拨了出去。

“对不起，您拨打的号码是空号……”

苏曼宁立马一脸沮丧地看向楚南洵。

楚南洵说：“电话号码只有八位，当然是空号咯！”

“那是什么？”

楚南洵想了想后，拿过苏曼宁的手机按了两下后，又递回去：“现在试试按一下前面的数字……”

苏曼宁有些不明白，但还是照做了，这下子，答案出来了——

“图书馆？”

“嗯！”

苏曼宁一脸崇拜地看向楚南洵：“大师，你也太厉害了，原来这是拼音的输入法编号啊？可是，市里图书馆那么多，会是哪一个呢？这后面的数字又是什么意思？”

楚南洵闭上眼，嘴巴嚅动着像是在算着什么：“150226。”

苏曼宁完全一脸蒙：“什么？”

“这是某个学姐的学号。”

“嗯？”

“10010110，二进制代码，转换为十进制，就是150，然后再转成八进制，就是226。”

“虽然我听不太懂你在说什么，但你是怎么知道这个号码是学姐的学号？”一听到“学姐”两个字，苏曼宁就很难淡定了，保不齐一会儿就会冒出一个情敌。

“都知道。”楚南洵明显不想解释太多，本身也跟他没多大的关系。他拿出手机，在通讯里找到了那个学姐的电话，打了过去。

“走吧！”

“哦！”

楚南洵打电话的时候避开了苏曼宁，这让苏曼宁心里有一些小难过，越发觉得这个“学姐”有些不同寻常，楚南洵却没有想给她解释的意思。

车子停在了一个学校的门口，没一会儿，便从里面走出来一个长发美女。苏曼宁不由得瞪圆了眼睛，这……这女人，长得也太妖孽了吧？

“洵公子，好久不见啊！”长发美女嫣然一笑，而后看向楚南洵，“你也真够寡情的，留我电话这么多年，居然现在才打。”

楚南洵微微一笑：“好久不见，学姐。”

两人一来二去地寒暄了一阵，完全忽视了一旁的苏曼宁。苏曼宁委屈地嘟着嘴，朝楚南洵的旁边靠了靠。

“这是洵公子的妹妹？”长发美女程姿这才注意到了苏曼宁。

还没等楚南洵介绍，苏曼宁便抢话道：“你好学姐，我是大师的女朋友。”

程姿明显惊讶了一番，而后从头到尾扫视了一下苏曼宁，有些诧异地看向了楚南洵：“原来洵公子，你喜欢的是这一款？”

“我这款怎么了？要胸有胸，要屁股有屁股，而且还有不管怎么吃都不会胖的身材，跟洵不知道有多配呢！”当然，这只是苏曼宁心里的话，因为虽然觉得自己各方面很优秀，但是在这个“黑长直”面前，却稍微有那么一点逊色。

“对不起，我没有其他意思，只是有些吃惊，要知道，洵公子以前在上学的时候，可是很受欢迎的，可惜他一个都看不上。”可能是看苏曼宁表情不对了，程姿连忙解释。

这句话一出，苏曼宁原本夹着的尾巴，现在摇得可欢了。

原来，程姿就是此次寻宝的第一个信息提供者，只是令她没有想到的是，楚南洵这么快就找到了这里。

而苏曼宁的危机意识，在进了学校后，瞬间就达到了顶峰，因为这里，居然是女校！

连体育老师都是女生的地方，楚南洵的出现，无疑是狂掀浪潮的，何况颜值还那么高。

“哇，那是新来的老师吗？妈呀，燃起我熊熊的上学欲望了。”

“我看是程老师的男朋友……”

“程老师不是已经结婚了吗？”

“哦，那有可能是她老公……”

“傻啊你们，这不是前段时间才上热搜的设计大师处男小哥哥吗？”

“……”

苏曼宁听着这些八卦，抓住楚南洵胳膊的手不觉又加紧了一些力度，总感觉稍一松懈，他就会被人抢走似的。可能楚南洵多多少少也听到了一些吧，他直接牵起了苏曼宁的手，无视周遭任何人，随着程姿去到了图书馆。

程姿把下一个提示拿给了楚南洵：“看到你来，我还真是挺惊讶的，没想到你会配合诺亚玩这些无聊的游戏。”

楚南洵一笑，宠溺地看了一旁四处瞎逛的苏曼宁，程姿似乎是明白了什么。

他说：“没想到你跟诺亚还有联系。”

程姿挑了挑眉：“啊，我现在算是他……姐姐。”

这回换楚南洵挑眉了，不过一想，似乎也明白了，这不是诺亚一贯的风格吗?

程姿留下一句“请自便”后，便离开了。

“哇，大师，这个图书馆好大啊……”苏曼宁感叹。

“那你跟紧我，不要走丢了。”

“嗯！”苏曼宁点了点头，俨然一个乖巧的小跟班。

还没走远的程姿看到这一幕，再次震惊，简直要怀疑自己是不是认错了人。

第二个提示也是一串数字，照楚南洵的分析，应该是某本书的坐标。毫无方向感的苏曼宁折腾了几次后，完全放弃了。

“直接写哪一区域哪一排不好吗，非得用这么麻烦的形式。”苏曼宁累得往椅子上一坐。

楚南洵不知道从哪儿倒了一杯热水，放到她的跟前:“你休息一下，我去找。”

苏曼宁一想起刚才校园里那些虎视眈眈的妹子，就有些坐不住，拿起杯子喝了口水后，跟了上去。

“啊，对了，大师，刚刚那个什么姿的，为什么要叫你洵公子啊？”

“她是古汉语系的，以前我也去蹭过课。”

“啊，怪不得……对了，你们设计系应该有很多美女吧？”

楚南洵停了下来，从书柜中抽出一本书：“我不是设计系的，我是物理系的。”

“哎？”苏曼宁震惊了，“你不是珠宝设计师吗？”

“不冲突！”楚南洵把书放到苏曼宁手里，“找到了。”

苏曼宁现在哪还有心思去看什么书，细细想来，她对楚南洵，知道得真是太少太少了，比如说这个专业问题，动不动就冒出一两句诗句的人，怎么会是物理系的呢？

楚南洵跟管理员借了纸笔，开始在纸上涂涂画画。苏曼宁现在无心管这些，她趴在桌子前，追问道：“大师，你既然那么喜欢古典文学，那为什么又去选择物理系了呢？”

“怕文学这个东西养不活自己。”

“仅此而已？”

“骗你的！”楚南洵抬头，用手里的笔敲了一下苏曼宁的脑袋后，继续他的草稿，“就随便选的。”

“这也能随便啊？”苏曼宁有些瞠目结舌，这完全是学霸才会说的词儿啊。

苏曼宁松了一口气，决定不再纠结这个问题，直接转换成崇拜之情。

啊，原来她的大师，不是一般般的厉害啊！

后来过了很久很久，苏曼宁从沈梦汐那里得知，楚南洵之所以选择物理系，是因为这个系的女生少，可以给他省去很多不必要的麻烦。

苏曼宁一听，乐坏了，还真是要感谢大师如此洁身自好，才让后来的她捡了个大便宜啊。

哈哈，当然，这都是后话了。

“走吧，去下一个地点。”

“嗯？你解出来啦？”苏曼宁还在愣神的时候，楚南洵起身去还书了，她拿起桌上他刚刚涂涂画画的纸，一点也没看懂。原来，他不仅画设计图画得好，连公式也写得这么溜啊？

关于下一地点的推理结果，苏曼宁听了楚南洵的解释，什么刚刚的书里有一张地图，然后有一道什么题，解出来后，便得出了什么坐标，然后就确定了位置。

苏曼宁听得是一个头两个大：“大师，我突然不想去同学会了。”

“为什么？”

“因为我感觉这同学会没有多少人会来，说不定，连桌麻将都凑不齐。”

楚南洵扑哧一笑，手一下一下地敲打着方向盘：“不会的，我算是我们班比较笨的了……”

“哎？”苏曼宁不可置信地瞪大了眼睛。她想，她这辈子的惊讶，在今天一天就用完了。

如果他这算笨，那她不就是白痴级别的了？

“要不，别去了？”

楚南洵侧过头看了一眼苏曼宁，那后悔的小眼神，让他有些忍俊不禁。

“可是份子钱已经交了，不去又太浪费了。”没等楚南洵回应，苏曼宁又自顾自嘀咕了一句。

楚南洵实在忍不住，哈哈笑了两声，良好的教养从没让他在人前这般放任自己，可遇到她以后，貌似又重新认识了自己。

“怪不得你要我在你的视线范围内活动……”

楚南洵把手伸过来，摸了摸苏曼宁的脑袋：“放心，有我在，他们不敢欺负你的。”

下车后，因为还需要步行一段时间，这期间，楚南洵跟苏曼宁解释了程姿的事情。

原来，程姿是他们学校的校花，当初追的人很多很多，当然，其中包括那个诺亚。当时诺亚认识的中文字不多，所以只记下了她的学号，而他追人的方式有点轰轰烈烈，所以，别说整个物理系，整个学校都知道这件事了。连校门口的守门大爷都知道，有个外国留学生喜欢一个学号为150226的女学生。

这么一讲，苏曼宁心里那颗小石头一下子便落了地，也突然对这个叫诺亚的留学生产生了兴趣。

“你老实交代，有没有暗恋过校花？”

“爱美之心人皆有之。”

这句话，苏曼宁是听懂了的，立马就急了：“不要，不要，你现在是我的！”

楚南洵扑哧一笑，安慰道：“如果我说，大学那会儿，我觉得所有女生都长一个样，你会不会好受一点？”

苏曼宁高兴得连连点头：“那我呢？对你来说，有没有特别一点？”

“嗯，特别特别！”毕竟像只猴子一样活蹦乱跳，还不按常理出牌的闹腾女人那么多，能让他如此喜欢的，却只有一个。

五分钟后，两人到了超市门口。

“这次又是什么提示？”苏曼宁问。

楚南洵看了看手机后，叹了口气，嘀咕了一句“我就知道”后，去旁边推了一个购物车。

而正在这时，突然有个人推车过来，拦去了楚南洵二人的去路。

“我去，洵公子，紧赶慢赶的，你还是快我一步啊！”

男子头上反戴着一顶鸭舌帽，打扮得很是休闲，五官虽没有楚南洵那般精致，却也十分耐看，皮肤黑黑的，嘴角一撇，笑容有些痞气。

还没等楚南洵回应，男子又把视线转移到了一旁的苏曼宁身上，那玩世不恭的小表情，看得苏曼宁一缩，条件反射式地往楚南洵身后一躲。

“洵公子的女儿都这么大啦？”

楚南洵气得眼睛一闭，还没等他解释，一旁的苏曼宁又不淡定了：“我是他女朋友！”

男子一惊，跟程姿的反应一样，玩笑道：“这种发育，的确不像是女儿……”

这时，只见楚南洵摸出手机，利落地拨出报警电话。

男子见状，连忙上前拦住：“好了好了，不开你玩笑了，还是别惊动警察叔叔了……”

一旁的苏曼宁看得是瞠目结舌，这动不动就报警的属性，勾起的是她满满的回忆啊！

男子名叫余阳，是楚南洵的同学，当然也就是这次同学会的参与者，富二代中鲜有的学霸男，性格……嗯，还是用开朗来形容吧。

毕竟人家一口一个嫂子地叫，叫得苏曼宁那个心花怒放呀。

“啊？搞半天，是让我们来买食材的啊？”苏曼宁看了两人的任务信息后，再次惊掉了下巴。

正常的同学会，不都是找个酒店，围成一圈吃个饭，叙个旧（互相显摆），然后晚上在成群结队地去唱个 KTV，最后再醉醺醺地各回各家，各找各妈吗？

“你们先去买菜，我去那边买酒。一会儿在出口处集合。”余阳说完便“滑着”他的购物车走了。

“你同学好活泼啊！”苏曼宁边说边跟远去的余阳挥着手。

楚南洵直接上前抓住她那晃动的手就往前走：“离他远一点。”

因为工作性质，苏曼宁很少会到超市来逛，而楚南洵作为宅男，来超市的次数，也是屈指可数。

两人推着车买菜的场景，真的好像小两口啊！

苏曼宁想到这里，嘴巴绷成了一条线，生怕因为太高兴而在楚南洵面前失态。

“啊，对了，你说程姿叫你洵公子也算了，余阳怎么也这么叫你啊？”

“啊，前面有试吃的，你要不要去尝尝看？”

一听说有吃的，苏曼宁哪里还淡定得了，眼睛发亮地就朝试吃点跑了去。楚南洵松了口气，然后拿出手机在群里发了一条信息：“一会儿谁再叫我洵公子，小心我不客气。”

起初这个群里还挺热闹的，楚南洵一出现，就像是冷场剂一样，一下子没人再说话了。

说起这个外号梗啊，在很多年后，苏曼宁在街上偶遇了程姿，程姿说，因为当时物理系只有两个女生，但是一个丑，另一个又是女汉子，一群糙老爷们中，唯独楚南洵秀秀气气的，很奶油，然后在某一天，不知道谁阴阳怪气地叫了他一声“洵公子”，从此以后便无法摆脱这个外号了。

苏曼宁听后，怒摔手里的外卖，叫嚣道：“哼，这是集体在调戏我老公啊！”不过下一秒便一脸恶趣味地扒拉着程姿求问细节。

楚南洵自己也想不到，在未来某年某月的某一天，会被苏曼宁用这个梗阴阳怪气地笑他好几天吧？

同学会的最终地点就是在这个组织者诺亚的家里。城郊的独栋别墅，白色的建筑在阳光的照射下，梦幻得简直像是一座城堡。

群里早就因为楚南洵带了女友这件事炸锅了，已经到了的同学们全都齐刷刷地站在门口，说是迎接，实则是为了看热闹。

楚南洵的车还没开到门口，他们俩便已经被这个阵仗给吓到了。

“我看我们还是不要去了……”这句话是楚南洵说的。

苏曼宁点了点头。

楚南洵准备掉头的时候，余阳的车堵在了后面，而且还一直按喇叭让他快点走。

这下子想要后悔都没那么容易了。

下车后，看到那些看她跟看稀奇动物似的人，苏曼宁悄悄地凑到楚南洵的耳边嘀咕：“要不，跟他们介绍说我只是你的表妹吧？”

楚南洵顿时停住脚步，牵着苏曼宁就往回走：“不能再去了，男朋友都要变哥哥了……”

不过没走两步，便不知从哪里冒出来的人给拦住了去路。

虽一头黑发，但一看就知道是个外国人……

“你们俩干吗呢？一会儿进，一会儿退的？”普通话还说得贼溜。

楚南洵板着一张脸，伸出手道：“还我份子钱，我不参加了。”

诺亚像只猴子似的往后一跳：“到我手里的钱，还想要回去，想得美！”说完朝苏曼宁看了一眼，“还你可以，把随身物品留下。”

诺亚有着西方人的俊俏，皮肤很白，眉骨很高，显得眼眸很是深邃迷人，个子还挺高，一身白色的休闲装扮，感觉就是从那座“城堡”里走出来的王子。

看得苏曼宁都有些傻了，颤颤巍巍地向他挥了挥手，说了句：“Hello！”

诺亚不同于其他人只上下扫视，他直接围着苏曼宁转了个圈，自顾自地用英语说着：“黑头发、大胸脯、小细腰、大眼睛……”

“你是他女朋友？”

苏曼宁捣蒜般地点了点头。

“结婚了没有？”

苏曼宁又连忙摇了摇头，“结婚”这个词，不由得让她脸有些红。

“OK，OK，证明我还有机会。”

还没等苏曼宁反应过来，楚南洵便把她拉到了自己的身后：“敢动我的人试试？”

诺亚哈哈大笑两声，拍了拍楚南洵的肩头：“Bro，别这么严肃嘛，Just a joke.”说完热情地推搡着两人往前走，然后又趁楚南洵不注意的时候，凑到苏曼宁耳边嘀咕了一句，“他除了动不动就报警能威胁人外，也不能拿我怎么样。”

苏曼宁一听，忍不住捂嘴笑出了声。楚南洵再次警惕地瞪了一眼诺亚，顺带也警告了一下苏曼宁。

楚南洵看着眼前让人头疼的一群人，忍不住长叹了一口气，这才是他一开始不想让苏曼宁来参加同学会的原因。

这一堆虎视眈眈的恶狼，光应付一个就已经伤了他很大的元气了。

之所以买食材呢，是因为搞了一个特别高大上的户外BBQ。还好，带上家属的同学多，不然，一群大老爷们聚在一起，还真没什么好玩的。

楚南洵比较闷，找了一本很厚的书，坐在里屋开启他的“木头人”日常，而坐在他一边的苏曼宁，各种躁动不安。

“大师，你不是说，只要在你的视线范围内活动都可以的啊……”苏曼宁说完咽了口口水，“肉要被吃光了……”

楚南洵翻了一页书，不紧不慢地说了句：“烧烤吃多了，对身体不好。”

“不吃多，不吃多，我小鸟胃……”苏曼宁呵呵傻笑了两声，“泡面吃多了也不好，可你不是也经常吃吗？”

楚南洵气得一咬牙，这丫头，居然还敢跟他顶嘴了？啊，对了，他怎么能忘记，曾经被他叫过“Monkey”的女人，有多么伶牙俐齿呢？

“真那么想吃？”

苏曼宁捣蒜式地点头，那永远湿漉漉的大眼睛，不知道从什么时候起，让楚南洵没有了一点点的抵抗力。

或许，在确定自己心意的那一刻起，他便愿意为她一步步地妥协了。

楚南洵放下手里的书，无奈地叹了口气后，对苏曼宁说道：“走吧，我给你烤。”

苏曼宁如小狗见了骨头一样扑上来，抓住楚南洵的手臂蹭了蹭：“大师，你对我真是越来越好了……”

12

第十二章

Chapter

初见端倪的身世之谜

同学会还没结束，楚南洵便带着苏曼宁离开了。那些个恶狼，一会儿来找苏曼宁喝酒，一会儿又找她去打台球玩游戏，这些也就算了，问题是这丫头还来者不拒。听说诺亚会唱歌，她还求诺亚教她唱英文歌，然后一个弹琴、一个弹吉他，很快便被一群人给包围住，玩得是不亦乐乎。是，她倒是一直都在他视线范围内活动，可他明明已经眼神警告过无数次了，这丫头居然还不知道收敛。

因为帮苏曼宁挡了不少酒，所以楚南洵以醉酒的借口先溜了。他给韩迪打了电话，韩迪正在陪客户吃饭，但还是毫不犹豫地就赶来了，他倒要看看，楚南洵喝醉酒会是什么样子。

苏曼宁虽然没见过韩迪，但是他的大名还是听过的，只是没想到本人居然比照片上还要年轻帅气。

“有机会的话，可以一起合作。”韩迪说完向苏曼宁伸出了手。

本来还迷迷糊糊的楚南洵一下子就清醒了不少，他甩手拍开韩迪的手，打开车门，先把苏曼宁塞了进去。

韩迪失笑：“我去，原来是装醉。”

楚南洵平时不会喝酒，韩迪认识他这么多年，喝酒的次数更是屈指可数，当然，不喝酒不代表酒量差，为了早点离开，楚南洵也难得戏精附体一次。

苏曼宁显然已经没有力气吃惊了，她现在感兴趣的是韩迪刚刚说的话。

“韩老板，我真的有机会跟你一起合作吗？”苏曼宁探身问道。

“当然，只要你愿意。”韩迪在后视镜里看了一眼正瞪着他的楚南洵，补充了一句，“不过，可能需要征得某些人的同意。”

“你放心，我经纪人肯定会同意的。”

韩迪再次失笑，清了清嗓子道：“好，一会儿互留一个联系方式。”

估计这么一天下来，楚南洵也累了。他往后一靠，拍了拍旁边的座位，轻声说了句：“坐好！”

苏曼宁应了一声，乖乖地坐了回去。

虽然这样的安静最多只能持续半小时……

没一会儿，车子便到了楚南洵家楼下。说也奇怪，本来是装醉的人，一下车居然吐了，韩迪和苏曼宁两个人费了老大的劲，才把楚南洵给扶上楼。

韩迪被吐了一身，去洗手间简单地处理了一下后便离开了。苏曼宁出于礼貌，送韩迪到了电梯，韩迪一走，她才意识到自己的行为——这种“女主人”突然上身的奇异感觉，还真是让人忍不住脸红心跳呢！

苏曼宁回到屋里，发现楚南洵不见了，找了一圈才发现他去浴室了，本想敲门问要不要帮忙，但一想到他可能现在一丝不挂，便脸红地退缩了。

天啦，突然就想起他浴室里那个木桶了……

苏曼宁甩了甩脑袋，清除掉脑子里的那些粉红泡泡，嗒嗒嗒地跑到厨房，还是煮一碗姜汤给大师醒醒酒吧！

就在苏曼宁一边熬着姜汤一边幻想以后跟楚南洵的婚后生活时，门口突然传来了开门的声音。苏曼宁正纳闷谁会来这里的时候，却看到闯进来的两个人，吓得她一时之间不知道该往哪儿躲。

没错，进来的是唐钰和沈梦汐，而且两人抱在一起，已经吻得有些忘乎所以，边吻还边脱着对方的衣服……

我去，这剧情反转得也太快了吧？

苏曼宁一时慌乱找不到地方躲，打开浴室门便蹿了进去，等她还在庆幸没被发现的时候，一个宽大的人影慢慢地笼罩了她……

水雾缭绕，温热的气息中还弥漫着沐浴露淡淡的花茶香，耳边似乎还应景地响起了悠扬婉转的暧昧音乐，扑通扑通……苏曼宁下意识地咽了咽口水，好像想起点什么。

她紧紧地贴着门，闭上眼睛不敢转身，直到耳边响起楚南洵那低沉魅惑的嗓音："没想到你是这么主动的女人……"

苏曼宁连忙摇头解释："不，不是啦，我……他们……"唉，现在哪里还有心思解释，满脑子都在幻想着楚南洵没有穿衣服的样子……

天啦，她什么时候变得如此色气满满了？

楚南洵把头搁在苏曼宁的肩头，热热的呼吸扫在她的脖颈之间，痒痒的，感觉血液都快沸腾起来了。

“可是怎么办？我现在胃很不舒服，恐怕没办法满足你的需求……”

需求？ Oh my god！

“不……不用，我……我没……需求，嗯，对……”苏曼宁已经完全语无伦次了，但随即想到锅里还煮着姜汤，一激灵，不管三七二十一，开门冲了出去。

正进行得如火如荼的沈、唐二人，吓得直接从沙发上滚了下去。

“不……不好意思，当我透明，你……你们继续……”苏曼宁尴尬地笑了笑，整张脸红得跟关公似的。

听到外面的动静，楚南洵也从卫生间走了出来，其实刚刚的他已经穿好了衣服，正准备吹头发的。

“你们怎么会在这里？”看着惊慌的二人，楚南洵没好气地问。

沈梦汐拿起一旁的外套穿上，尴尬地摸了摸后脑勺，反问道：“你不是过两天才会回来的吗？”

“这跟你擅自进我家有关系吗？”楚南洵斜靠在门边，又是那副恨不得向对方泼硫酸的死鱼眼。

“哈哈，顺道就……”沈梦汐实在是很难跟自己的哥哥解释什么叫“情难自禁”，拉着还不紧不慢正在穿衣服的唐钰拔腿就跑，唐钰没有心理准备，还险些被绊倒。

“打扰你们是我们不对，你们继续……”走之前，沈梦汐还冲苏曼宁竖了个大拇指。

唐钰则在后面鞠了鞠躬，似乎也是在表示歉意。

苏曼宁把姜汤放在桌子上：“那个，大师，喝点姜汤，胃可能会舒服一点。”说完，走到一边拿起自己的包包，“很晚了，你……你还是早点休息吧！我……我先回去了。”

在经过楚南洵的时候，苏曼宁突然被楚南洵从背后抱住了。本就已经心乱如麻的苏曼宁，真的是忍不住快要爆炸啦！

“下次再满足你的需求……”

“嘭！”

原地爆炸了！

苏曼宁以为，在看到沈、唐二人后，会理解她慌不择路冲进浴室这件事，可是，现在看来，误会好像并没有解除。

“不……不是……”苏曼宁转过身，极力地想要解释，可话还没说出口，楚南洵便在她额头印下了一个浅浅的吻。

“晚安！”

“晚……晚安……”

晚什么安啊？她是快要完蛋了好吗？千算万算，没料到楚南洵居然走的是这条闷骚路线，男朋友太会撩，求女朋友心理承受能力？

《琉璃醉》因为沈梦汐的回归，继续拍摄了。

没人知道当初态度那般坚决的沈梦汐为什么突然妥协了，只知道接下来的拍摄工作进行得异常顺利，而她跟唐钰的关系也变得越来越好了。

苏曼宁因为也还有些镜头需要补拍，所以再次来到了古绝镇。

看着沈梦汐和唐钰在片场变得相亲相爱的样子，苏曼宁一边吃着东西，一边摇头不敢相信。

不过才几天的时间，两个人就从吵得不可开交到你侬我侬、如胶似漆，剧情发展之神速，简直让人瞠目结舌。

“虽然不知道你们之间发生了什么，但是现在越看越觉得你们俩很配。”苏曼宁一副欣赏画报的表情看着眼前这对“神仙眷侣”。

“那是当然，也不看看我小梦梦是谁，她的男朋友，必须得是顶配！”

苏曼宁搓了搓胳膊的鸡皮疙瘩：“唐钰，你真的和小时候差太多了。”

“人都是善变的，而且我们家钰宝是朝着我喜欢的方向在变的……”沈梦汐说完，还把剥好的橘子喂到唐钰的嘴边。

啧啧啧……这才认识多久，就已经腻成这样了？相比之下，她的楚南洵真是算素的了。

“果然情人眼里出西施。”苏曼宁感叹。

“你也不错啊，三两下就让我哥对你言听计从了。”

“啊？哪有？大师他只是比较让着我。”一提起楚南洵，苏曼宁便有些不好意思地扭捏起来。

“你们都是情侣了，还一口一个大师的，多生分啊。再说了，他的形象哪里像是什么大师了？”

“可是我都叫习惯了……”

话是这样说，可沈梦汐这么一提，苏曼宁多少还是有些在意的，她曾经也不是没想过这个问题，可想来想去，也不知道该叫什么好。

“啊，对了，你之前不就叫我哥‘小可’了？这可是他的小名，不过他不允许别人这么叫他。”

苏曼宁一惊，也是吓一跳，当初会说出这个名字，只是因为脑海中突然浮现出了这句话，没想到，这居然会是楚南洵的小名？难道冥冥之中，他们的缘分早就已经注定了？

提起“小可”，这不得不让她想起了楚南洵的那个吻。对呀，他们就是在那个时候正式确定关系的。

“他为什么会叫这个小名啊？”

“小时候长得特别秀气可爱，又不能叫小可爱，索性就叫小可了呗！”

苏曼宁愣了两秒后，忍俊不禁，原来，还有这么一个典故呀。

因为剩下的戏份不多，所以闲暇时，苏曼宁会去镇上走走，一则打听自己的身世，二则是喜欢上了镇上的特产零食——梨膏糖，因为又硬又甜得发慌，很少人会喜欢，然而，她却“爱不释口”。

“我记得很久以前，一个小丫头也是很爱吃这个，只是后来不知道什么时候，就再也没见过她了……”

这时，卖糖的阿婆说了这么一句，起初苏曼宁还不是很在意，还开玩笑说，小孩子应该都喜欢吃甜的吧？可后来阿婆又自顾自地说：“那小丫头挺机灵的，就是命比较苦，她妈妈未婚生下了她，在镇上也不招人待见，后来，她妈妈患病死了，小丫头也不知道被送去了哪里……”

苏曼宁停了下来，咂了两下嘴，从手机里翻出自己以前在福利院照的照片，递到了阿婆的跟前，问道：“阿婆，你说的小女孩是她吗？”

阿婆眼神不好，连连摇头说看不清，说只记得小女孩很爱笑，两只大眼睛啊很是水灵，她妈妈总唤她“阿宁”。

不知道为什么，听到这里，苏曼宁眼眶里不自觉地就盈满了泪水，尽管她还不敢确定这说的就是自己。

“前段时间还听说，有人来找过阿宁。她们在这里住的时间不是很长，所以时间久了，很多人都有些记不清了，唯独我这个老太婆还有些印象，谁叫那丫头嘴巴甜，很招人喜欢呢！”阿婆边说边回了里屋。

苏曼宁看着阿婆佝偻的背影，鼻子更酸了，因为她基本上已经确定阿婆说的人就是她了。

那么，来镇上找她的人，应该也只有那个叔叔了，不过这么一细想，便越发肯定，叔叔不是普通的好心人，应该是知道她身世的人，难道真的会是她的爸爸？

想到这里，苏曼宁掏出了手机，翻出了当初楚辰南给她留下的电话号码，怕打电话打扰到他，于是编辑了一条短信发过去——“我小时候是叫‘阿宁’吗？”

原以为对方不会理她，谁知，过了两分钟后，楚辰南给她回复了一个字——“嗯！”

苏曼宁顿时有些控制不住自己的情绪，趴在卖糖的小玻璃柜上号啕大哭了起来……

急切地想要知道答案，所以苏曼宁直接约见了楚辰南，两人在一家咖啡店里碰面。

苏曼宁先到，心情很是忐忑和复杂，甚至在端起咖啡杯的时候，手都会不自觉地颤抖。

原以为自己乐观到无所畏惧，但是真的要接近真相时，是很害怕的，怕有些是自己不能承受的。

楚辰南一如初见时儒雅，他提了一个袋子，看到苏曼宁时，浅浅一笑，永远都是一副绅士又有礼貌的样子。

他没来之前，苏曼宁在心里想了很多要问的问题，可人一到了面前，却什么都不敢问了，倒是楚辰南先开了口。

“你有什么要问的就问吧！”

“那个……”你是我爸爸吗？苏曼宁想问，可话到嘴边又说不出来了。如果他真的是她爸爸，女儿就坐在对面，却不肯认，即便问出口，也只能让彼此尴尬。

“你认识我妈妈吗？”虽然这个问题在第一次见面的时候就问过，

楚辰南点了点头，这次他不再逃避，他把袋子提到了桌上：“原本觉得，失去了以前的记忆，会让你活得开心一点，但如果你想要回那些记忆，我也可以告诉你。”

很多问题堵在嗓子眼里，整理纠结了半天后，苏曼宁问：“你有我妈妈的照片吗？”

楚辰南把袋子推送到苏曼宁跟前："这是你妈妈留下的东西……"

苏曼宁拿过袋子，袋里面有个木质的盒子，很轻，但此时她的心情却多少有些沉重。

正在这时，楚辰南的电话响了起来，他走到一边接过电话，没说几个字后便挂断了。

"曼宁，叔叔现在有事要离开，我们改天再谈好吗？"

苏曼宁点了点头，楚辰南便转身离开了。那一刹那，苏曼宁好像在楚辰南的眼里看到了一丝丝的愧疚，不知道是对谁。

虽然他什么都没说，但有一点苏曼宁是很肯定的，那就是妈妈已经不在了的事实。那股子难过的劲儿一下子又涌了上来，无处宣泄的苏曼宁，给楚南洵打去了电话。

"对不起，您拨打的电话已关机……"

没在电话那头听到熟悉的声音，一大波的失落又涌了出来，他不是答应过她，以后都不会关机的吗？转而打给 Sunny，又一直忙线，最后拨通的那个号码，是唐钰的，却是沈梦汐接的，说是唐钰正在拍打戏部分。

"他又关机了？"沈梦汐眼珠子一转，似乎想起了什么，"啊，对了，今天是他妈妈的忌日，每年这个时候，他都是关机，躲在家里睡觉。"

苏曼宁一听，刚才的所有失落瞬间不见了，取而代之的是自责——作为女朋友，对男朋友的事情一无所知，真是太糟糕了。

苏曼宁来不及悲伤自己的事情，把东西拿回家后，就准备去找楚南洵，出门前看到沙发上的抱熊，把它也顺便带上了。

因为知道密码，所以敲门无果后，苏曼宁便自己推门进去了。

虽然还是大白天，但屋子里却黑乎乎的，苏曼宁摁亮了灯，朝周围一扫视，才发现楚南洵靠坐在沙发一侧，面朝落地窗，一动不动，不知道坐了多久。

苏曼宁抱着熊朝楚南洵走去，她躲在熊后面，两只手挥动着熊的手，学着熊的口吻安慰楚南洵："不要难过，我会一直陪在你身边的！"

楚南洵侧过脸，看着可爱的熊在他面前扭来扭去，嘴角轻轻地一勾，用手拍了拍它的头。

"妈妈如果看到你这样，是不会开心的哦！小可要乖乖地听话，每天都要开心才行……"

这句话一说完，楚南洵的脸色顿时难看起来，可苏曼宁看不见，她继续说道："小可已经长大了，不要再让妈妈担心了，妈妈……"

苏曼宁话还没说完，楚南洵便站起身走开了。苏曼宁连忙抱着熊跟在了后面，嘴里还一直念叨着"小可小可"，楚南洵实在忍无可忍，停了下来，冲着苏曼宁就吼了一句："闭嘴！"

苏曼宁吓得一抖，无辜地眨巴着大眼睛，还以为是她吵到他了，嘀咕了一句"对不起"。楚南洵没做任何回应，走进房间关了门。苏曼宁耷拉着肩膀，叹了口气，觉得自己好失败，什么都做不好。

她把熊放到一边，看客厅有些乱，便想着整理好再离开。其间怕吵到楚南洵，所以苏曼宁的动作很轻，每做一个动作，都在提醒自己小心一点。

可是由于光线太暗，苏曼宁在整理茶具的时候，不小心把茶杯碰掉了，掉在地板上，瞬间就碎了。因为是趴在地板上的，苏曼宁一慌，转身的时候，膝盖直接压到了碎片上，顿时便见了血。

虽然很痛，苏曼宁却不敢吭一声，小心地把碎片收到了垃圾桶里。怕刚才的动静已经吵醒了楚南洵，她不敢多留，朝门口跑了去，快到门边的时候，还结结实实地摔了一跤……

到了电梯里后，苏曼宁才稍微松懈一点，泪水很快便模糊了双眼，哭自己的没用。等自己完全整理好情绪后，她在小区门口又碰到了韩迪。

“怎么眼睛红红的？膝盖还受伤了？楚南洵欺负你了？”韩迪手里拿着一瓶酒，想必是来找楚南洵喝酒的，原来，他根本也没想过要她来陪。

“没……没有，不小心磕着的。”苏曼宁说完便欲走，却被韩迪拉住了手臂。

“现在是夏天，伤口若不及时处理，很容易感染的！”

没等苏曼宁拒绝，韩迪便把她拉到一边的花坛边坐下，然后蹲下身子查看她的伤势。

伤口不深，流出的血也开始干涸了，这附近也没有什么诊所医院，韩迪想了想，决定就地取材，于是把带来的酒给打开，消毒之前抬起头看向苏曼宁：“可能会有点痛，忍一下？”

苏曼宁犹豫了一下，还是点了点头。这一幕，不禁让她想起了楚南洵为她消毒时的情景——“要用酒精消毒一下伤口，你要是怕疼，就抓着我的手。”

现在想想，不过是很平常的举动，当时的自己竟心跳狂乱不已，感动得快要飞到天上。

韩迪一边帮忙消毒一边轻轻地给她呼着气，等消毒完，从兜里拿出了一条格子手帕，小心地给她包扎好。

“暂时先这么处理，回去后记得去看医生。”韩迪说完扬唇一笑，温暖而又阳光。

这不得不让苏曼宁恍惚，想当初她是怎么爱上楚南洵的呢？也是因为这样的笑容吗？

“虽然我不知道你们刚刚发生了什么，但我还是希望你能多包容一下他。他虽然不是特别会主动的人，但是一旦认定某个人，就会变得一根筋。”

听到韩迪这么说，苏曼宁多少是得到了一些安慰。其实她也真没生楚南洵什么气，她气的只是自己的没用：“你能陪我聊聊吗？”

韩迪挑了挑眉，笑道：“乐意之至！”

通过跟韩迪的交谈，苏曼宁对楚南洵的家事多少是知道了一点。

楚南洵的妈妈是在他十五岁那年去世的，意外的车祸，但直接的原因是他爸爸，具体是什么，韩迪没有说。

“他们之间的感情不是很好吗？”这不得不让苏曼宁想起那条项链。

“感情再好也难免会有争执的时候。更何况……”韩迪突然停住了，可能是觉得自己说的太多了吧？

“嗯？”

“没什么，作为旁观者，我觉得我没有发言权。关于他父母的这个话题，一直都是他的雷区，所以，你不知道或许对你来说是好事。”韩迪说完起身拍了拍手，拿起一旁的酒瓶，“时间不早了，我该回去了。”

“好，今天谢谢韩老板，不管是你愿意抽时间陪我，还有……”苏曼宁看了看包着手帕的膝盖，“总之，谢谢！”

“客气了，朋友的朋友也是朋友嘛，你也不要一直韩老板韩老板地叫我，怪生分的。我比你年长几岁，不如叫哥吧！”

“啊……”苏曼宁有些受宠若惊，不好意思地笑了笑后，清脆地叫了声，“嗯，韩迪哥！”

见他直接离开并没有去楚南洵家，苏曼宁忍不住问：“那个，韩迪哥，你不去找大师喝酒了？”

韩迪晃了晃酒瓶，笑道：“以后每年的这个时候，还是你替我去比较合适！”

合适吗？苏曼宁撇了撇嘴，刚刚大师明显是被她惹得更不高兴了呢！

13

第十三章

Chapter

孽缘也是缘吗？

苏曼宁回到公寓后，发烧了，可能是情绪郁结不发导致的。

Sunny也没在，苏曼宁有些饿，便打电话点了外卖，可等外卖员来敲门时，她已经晕乎乎地睡过去了。

半夜的时候，兴许是出了一身汗，轻松了不少，苏曼宁这才想起还没吃东西，打开门，看到外卖就放在门口，便拿进去准备热了将就吃。刚刚睡得朦朦胧胧的时候，她梦见了很多小时候的事情，有妈妈，有卖糖的那个阿婆，还有吹口琴的唐钰和一个总是来家里画画的叔叔……

苏曼宁坐在桌子边，热好的食物冒着袅袅的热气。她脸色有些苍白，原本灵动的双眼，此刻显得有些无神。

妈妈，这个既让她熟悉却又陌生的词，嘴上说一万遍安慰自己的话，也不及心口那一阵阵的绞痛，苏曼宁舀了一口饭塞进嘴里，有些食不知味。

这时，放在桌上的手机响了起来，是楚南洵打来的。苏曼宁忍不住心里一咯噔，连忙整理好自己的情绪，还特地清了清嗓子。

“喂，大师，你醒了？”

“嗯……”电话那边响起楚南洵低沉的嗓音，“吵到你休息了没有？”

“啊，没有，没有，饿了，所以现在在吃东西呢！”

“一天饮食要有规律，吃夜宵可不是什么好习惯……”楚南洵说完貌似打了个哈欠，“好像我并没有什么资格来说你……”他看了看摆在自己面前的一碗泡面。

“哈哈！”

苏曼宁多少释怀了许多，最起码知道他已经没有在生她的气了，但是关于他妈妈的事情,她却不敢再多提一个字,包括“小可”这个称呼。

“早点休息，明天我来找你。”

“好，大师，晚安。”

电话挂断后，楚南洵打开了面前的泡面，突然就想起了苏曼宁那个“美味泡面的终极吃法”，于是起身去冰箱拿了一个鸡蛋，开火架锅开始二次加工。

泡面吃完后，楚南洵瞥见了沙发上的那个抱熊，这才想起之前冲苏曼宁大吼的事情，他走过去把熊抱起来，拍了拍它的头，一脸歉意地说了一句：“吓到你了吧？给个抱抱安慰一下……”

抱熊的时候，他一个瞥眼，这才发现地板上的血迹。他把熊丢到一边，上前查看，血迹早已经干涸。他坐回沙发的时候，发现有一张字条放在上面——对不起，不小心摔破了你的茶杯。后面还画了个哭脸的表情。

小丫头受伤了？楚南洵这才猛然惊觉，不由得在脑海里还原此前的景象——

小丫头抱着熊来安慰心情不好的他——结果不小心触碰到了他的恶魔按钮，被他大声吼了一句“闭嘴”——然后小丫头不小心碰到了茶杯，去捡碎片的时候，不小心割到了哪里，又害怕他骂她，所以悄悄地跑了……

想到这里，楚南洵便有些坐不住了，衣服都没来得及换，便急匆匆出了门。

夜晚的街道已经没有那么多人了，楚南洵抬手看了看表，不过十分钟的车程,此时他却有些着急地看着红灯,不知道那丫头伤得怎么样。

绿灯一亮，楚南洵便踩了油门，根本没注意横着开过来的车，只听到“嘭”的一声巨响，两车相撞……

苏曼宁赶到医院的时候，已经是早上六点了。因为发烧，她睡得迷迷糊糊，晚上打过来的电话她一个也没有接到。醒来后一看到楚南洵出车祸的短信，她衣服都没来得及换，便急匆匆地跑了过来。

对方由于酒驾，所以才撞上楚南洵的车。好在楚南洵刚在加速阶段，速度还不快，而且危急之下，楚南洵很好地控制了车，只撞到了路边的垃圾桶，所以人也只是轻伤，不过还是得住院观察几天。

苏曼宁到病房时，警察刚做完笔录离开。

看着楚南洵额头上绑着纱布，苏曼宁没控制住，眼泪唰地就流了出来。

楚南洵连忙上前把小丫头抱住，一边轻拍着她的背，一边安慰道:

“好了好了，没什么大问题，也不疼，不要哭了啊，不然我心该疼了……”

苏曼宁抽抽搭搭地抹了抹眼泪：“你不是很少出门吗？大半夜的开车去哪儿啊？”

经过这么一提醒，楚南洵倒是想起来了。他连忙让苏曼宁坐在床边，然后眼神四处扫视，问道：“你伤哪儿了？”

苏曼宁有些没反应过来，楚南洵索性自己检查起来，因为穿的是睡衣，所以衣袖和裤管都很容易捞起来，最后在膝盖上看到了绑着的手帕。

“怎么这么处理？没去看医生？”楚南洵皱着眉头指责道。

“这是韩迪哥给我包的，我都忘记了，所以一直没摘下来。”

“韩迪？”楚南洵眉头皱得更紧了。这些本该他来做的事情，什么时候轮到其他男人了？

“你别动！”楚南洵小心地把手帕取下来，丢进了垃圾桶。

“哎，别丢啊，我还准备洗干净还给韩迪哥呢！”

“谁允许你叫他哥了？”楚南洵有些不开心了。

“我本来叫他韩老板的，他说太生分，所以让我……”

“以后就叫他韩老板！”楚南洵近乎是命令的口气。对啊，本来就没多熟，一口一个哥的，装什么熟人？

“哦！”苏曼宁虽然不知道楚南洵为什么因为这个生气，但只要是他的要求，她一定会满口答应的，谁叫她那么那么喜欢他呢？

楚南洵去护士站要来了酒精和纱布，帮苏曼宁处理好了伤口。他不敢告诉她，半夜出门是就是为了去看她，不然小丫头一定又会自责、难过很久，他不想看到她皱着眉头撇着嘴的样子。

喜欢一个人真的是一个很奇妙的过程，它会让人变得肆无忌惮，仿佛为了彼此，什么都可以去做，但也会让人变得小心翼翼，生怕一个不经意的触碰就会伤害到对方。

也就是那么一个不经意，她的笑容似乎就成了他的整个世界。

Sunny把早餐带到医院，看到两人腻歪的样子，不由得起了一身鸡皮疙瘩。他清了清嗓子，敲了敲门。

“哎哟，要老命了，虽然这里记者媒体拍不到，你们俩也给我低调一点好不好？”Sunny说完走过来摸了摸苏曼宁的额头，“你这个见色忘所有的小丫头，发着高烧乱跑，真的好吗？”

“嘘……”苏曼宁连忙跟他使了个眼色。

“嘘什么嘘？你生病发烧，他作为男朋友不闻不问，要不是还有我这么个贴心的经纪人在，你还能站在这里？”

“你发烧了？”楚南洵说着也把手伸过来摸了摸她的额头。

“已经没事啦，我身体好着呢，一般情况下，这些小感冒都会不药自愈的……哈哈！”苏曼宁干笑了两声，发现好像没起到任何缓和的作用。

“不药自愈？你得了吧你，是谁昨晚难受地嚷嚷着要我半夜起来买药的？”Sunny没好气地翻了个白眼，转而看向楚南洵，“没错，我们家曼宁是很喜欢你，但并不代表你就可以欺负她。你想过没有，她赔着笑脸去安慰你的时候，自己经历了什么？你居然还不给好脸子？我家曼宁虽然没有爸妈陪着，但还有我在呢！”

苏曼宁哪里还敢让他在这里大呼小叫，推推搡搡地把 Sunny 给赶了出去。要不是昨晚烧糊涂了，她哪里会跟 Sunny 这般大倒苦水？

其实在跟他的这段关系里，她是比较累的吧？因为先喜欢上的那个人是她，所以才会变得这般小心翼翼，怕惹他不高兴，怕麻烦到他，怕一丁点的小摩擦，就会让他们之间的关系出现裂缝。

Sunny 走后，楚南洵来到苏曼宁的跟前，他表情严肃，定定地低头看着她。

“啊，吃早餐吧！我都饿了……”苏曼宁尴尬地笑了笑，上前准备打开袋子。

楚南洵一个大步上前，从身后抱住了她，然后把头靠在她的肩头。

“是不是我哪里做得不够好？”他的嗓音低沉，每一个字都像是敲在了心尖。

“没……没有，你很好！”苏曼宁缩了缩脖子，有些受不了楚南洵呼在她脖颈的热气。

“那你受伤感冒为什么都不告诉我？”

“一点点的小事，不想麻烦你啦……”苏曼宁继续手里的动作。

“那你告诉我，Sunny 刚才说的‘经历’是什么？”

苏曼宁手一顿，不提这个还好，一提鼻子猛地就发酸了，那个袋子半天都解不开，只觉得视线越来越模糊，最后，一滴热泪夺眶而出，刚好滴在了楚南洵的手上。

楚南洵松开手，把苏曼宁转过来面对自己。小丫头眼泪汪汪的样子，看得他心都揪在了一起，刚想问些什么的时候，突然，楚辰南推门走了进来。

三个人在这种情况下见面，都不同程度地吓了一跳。

特别是苏曼宁的那句“叔叔”叫出口后……

苏曼宁吃惊地看了看楚南洵，又看了看楚辰南，楚辰南好似也有些吃惊。

“曼宁，你先回去，我会打电话叫梦汐来照顾你。”最慌的好像要数楚南洵。

苏曼宁像以往一样，乖乖地应了一声，朝楚辰南躬身打了个招呼后，便离开了。

“检查结果出来了吗？”楚辰南也给楚南洵带来了早餐，应该是自己做的，用保温桶装着，“以后开车的时候多注意点，还好这次不是很严重。”

“以前不关心，现在来关心，不觉得虚伪？”

楚辰南像是没听到似的，打开保温桶把里面的粥给盛出来：“你们交往多久了？”

“不关你的事。”

“你知道她是谁吧？”

“知道又怎么样？”

“你是故意的？为了报复我？”

楚南洵捏了捏拳头：“没错，就是为了报复。我无处宣泄我的悲痛，只能转移到她身上。”

“可是犯错的是我，她是无辜的！”

“无辜？”楚南洵冷笑一声，“你当初做决定的时候，是否想过我跟我妈也是无辜的？你去追求你所谓的爱情、所谓的灵魂伴侣，可你忘了，你是个男人，你也有你的责任！”

楚辰南不说话了，无可辩驳，过了良久，才沉闷地说：“我不请求你能原谅我，但我还是希望你可以放下仇恨，更不要因为我，去伤害别人。”

“要不是她妈妈，我妈就不会死！”楚南洵第一次情绪这么失控，声音近乎歇斯底里，他妈妈便是他的底线。

“曼宁，怎么不进去啊？”正在这时，门外传来了沈梦汐的声音。

楚南洵心里猛地一颤，两三步来到门边。看着苏曼宁跑开的身影，他却没有勇气再追上去。

刚刚那些话，虽然是为了气楚辰南而说的气话，却是他最初会答应和苏曼宁在一起的动机。

当初苏曼宁斜着眼睛跟他说“小可，我不在的时候，替我照顾好妈妈”这句话时，他便已经确定了她的身份。所以，他还有什么好狡辩的？就算火灾那次，确定了自己的心意，但他们的开始，始终是源于他的恶意。

没错，苏曼宁走出病房后就一直待在门外，因为冥冥之中，她觉得他们之间的关系不同一般，却没想到，真相远比想象中残酷。

苏曼宁跑上了车，装作若无其事的样子，说道：“Sunny，我们去吃好吃的吧？”

Sunny还没说出不行，苏曼宁又转换了口气说道：“哈哈，逗你的，回去吧！我有些累了，想休息。”

Sunny作为最了解苏曼宁的人，多少猜到苏曼宁有事，但不敢多问，应了声“好”后，便叫司机开了车。

原来，害死他妈妈的，是她妈妈。

原来，他对她所有的好，都是源于报复……

忽然就想起楚南洵当时说的那句话——“就算我们之间有什么关系，那一定也是什么孽缘，所以，你想不起来，或许对你是好事。”

不过，现在的她还能乐观地说一句“孽缘也是缘”吗？

她可以原谅他欺骗她的感情，因为她太喜欢他了，但是也因为这一点，她无法原谅自己的妈妈，伤害了她现在最爱的人。

“我就说，怎么第一眼看他的时候那么熟悉，原来他是销声匿迹十几年的辰南大师啊……”Sunny在听了苏曼宁的讲述后自言自语道。

“啊，不对，不对，现在这不是重点。你意思是说，楚南洵会跟你在一起，完全是因为报复？”

苏曼宁一边吃着拉面一边点头，一点也不像是刚才经历过大起大落的人。

“哎呀，我去，这人怎么这么渣啊？不行，我得去收拾他一顿。”Sunny说完捞起袖子（虽然是短袖）就准备冲出去。

“别去了，你打不过他的。”苏曼宁喝完最后一口汤，满足地摸了摸肚皮，“Sunny，不要给我接工作了，给我安排一个出国进修的机会吧！”

“现在可是你的大好时期，进什么修？怎么，一点点的情伤就受不了啦？我当初怎么劝你来着？叫你不听老人言……”

Sunny 虽然嘴上不饶人，但心里其实是蛮心疼这丫头的。苏曼宁是他见到的最没心没肺的乐观女孩儿，不管什么时候看她，都是一副笑嘻嘻的样子，哪怕是伤心难过，哭一会儿就准天晴，可就是因为这样，才是最让人担心，他宁愿看到她一蹶不起，整日消沉，一副要死要活的样子。

“不是啊，你不是老说我是金玉其外败絮其中吗？趁我还有想要学习的心，多磨炼一下呗，以后能替你赚更多的钱……”

“那你想去哪儿啊？”

“嗯……都可以，反正我外语不好，走哪儿都是一样……”

“那我给你安排，不过要等我手上的工作完了，才能辞职陪你过去……”

“不不不！你别去了，我一个人就可以。”

表面上看起来轻松的氛围，却隐隐飘着酸酸的味道。两人相视沉默了几秒，忽然就抱在了一起，然后都不自觉地红了眼眶。

“你个狠心的白眼狼，我把你养得又白又胖又漂亮的，你居然敢抛弃我？”Sunny 拍了拍苏曼宁的背，忍不住哽咽。

“你也知道我当明星是为了可以让我的家人看到我，然后能和家人团聚，可现在我没有别的期盼了。我也舍不得你，可是我不想让你放弃所有跟我走……”

“一定要出国吗？没人在你身边，要是被人欺负了怎么办？发烧感冒了，可没人给你送药了。还有，要没我管着你，吃胖了可就不美了……”

苏曼宁没忍住，眼泪啪嗒啪嗒地往下掉。她捂住胸口，一下一下地捶着：“可是怎么办？Sunny，这里太痛了，我没办法继续留在这里，这里到处都是他的气息，别说见到他人，现在就算是只听到他的名字，所有有关于他的细枝末节，都会变成一把把尖锐的刀，剜我的心……

“我可以原谅他欺骗我的感情，却不能跟他在一起了，因为他不爱我，不爱我呀……只要一想起，他对我的每一个笑，都是在强忍着自己想要掐死我的冲动，我就好难过好难过……就像……”

苏曼宁哭得不能自已，紧紧抓住胸口：“这里被挖空了一样，像是有风灌进去，呼啦呼啦的，又冷又痛……”

Sunny看着这样子的苏曼宁，心痛得一点办法都没有。

苏曼宁情绪过于激动，又加上刚才吃了东西，忍不住跑去厕所吐了。由于高烧还没退，这么一折腾下来，她整个人彻底垮了，从下午四点一直睡到了第二天早上的八点。

期间所有来的人，都被Sunny拒之门外，楚南洵则一直没来过。

14

第十四章

Chapter

奈何情深缘浅

“小可，我不在的时候，替我照顾好妈妈！”

楚辰南跟楚南洵说这句话的时候，楚南洵只有十五岁。那一次，也是苏曼宁第一次见到他。

十五岁的他，个子已经很高了，纯色衬衣搭配纯色的长裤，干净整洁到没有一丝褶皱。生活在农村小镇的苏曼宁看得眼睛都发亮了，她想，可能童话书里的王子差不多也就这样吧？

可是他很不开心，红着的眼睛里全是恨意。他没有大喊大叫，转身就走开了。可能是看到躲在门背后的她了，他走之前，还瞪了她一眼，她害怕地缩了起来。

年纪小小的苏曼宁那个时候还不知道，他对她的恨是怎么来的。

那天，楚辰南带着苏曼宁去跟他们告别。他走后，天空便下起了雨，楚南洵的妈妈怕楚辰南没有带伞，所以冒着雨出来送伞，然后在过马路的时候，出了车祸。

马路对面是一个公交车站，楚辰南去开车了，因为下雨，所以让苏曼宁站在那里等他，谁料，这样血腥的一幕，被小丫头看到了……

昏昏睡睡的这段时间里，关于小时候的记忆开始一点一滴地涌入脑海，苏曼宁在梦里挣扎，犹如梦魇了一般，一会儿抽噎，一会儿又抱成团瑟瑟发抖，嘴里还嘀嘀咕咕地说着一些什么。

“叔叔，哥哥是不是以后也没有妈妈了呀？”苏曼宁牵着楚辰南的衣角，眨巴着大眼睛，眼里始终还有抹不去的恐慌和害怕。

楚辰南没说话，只轻轻点了点头。苏曼宁眼眶顿时一红，眼泪就出来了。前不久，她的妈妈才过世，所以她非常能体会失去妈妈的痛苦。

楚辰南去忙活楚南洵妈妈的葬礼，没有多少时间来管苏曼宁。苏曼宁一个人在家有点害怕，于是凭着记忆从古绝镇来到了楚家的老宅，开车虽只需要二十分钟，但走路却花了她整整一个白天。

她不知道为什么要去找他，只知道他们一下子都变成了没有妈妈的人，虽然她现在也很难过，但是总又觉得她好像能给他一点安慰。

那天晚上，苏曼宁看到楚南洵一个人跪在灵堂，一动不动，像个雕塑。晚上又开始下起雨了，雨点敲在屋瓦和青石板，噼噼啪啪的，苏曼宁走上前，把怀里的一幅画递到他的跟前。

“哥哥，这是你的画，还给你！”

楚南洵没想到她会来这里，对她的厌恶瞬间就填满了眼眶，他低声说了一句：“走开！”

苏曼宁感知不到这种仇恨，她就地坐下来，自顾自地说着：“叔叔跟我说，你画画很厉害，如果我也想画得跟你一样好，就多看看你的……”

苏曼宁一直叽里呱啦地说个不停，最后成功地激怒了楚南洵，他拿过那些画，两三下撕了个粉碎："谁叫你来这里的？你难道不知道，我妈妈的死，就是因为你妈妈吗？"

苏曼宁被吓得往后一坐，茫然地摇了摇头。

"可我妈妈也死了……"小丫头嘴巴一撇，眼眶里一下子就盈满了泪。

"那你怎么不一起去死？"楚南洵把手里的碎屑往苏曼宁身上一丢，此时的他，就像是一只发了狂的小兽，恨不得冲上去把她给撕个粉碎。

苏曼宁被吓到了，她本想陪他说说话，让他不要难过或者害怕，却让她知道了这么一个事实，他妈妈是她妈妈害死的吗？

苏曼宁跑掉了。

雨虽然已经停了，风却很大，她不知道往哪里跑，也不知道跑了多久，总感觉他在后面追着她，那句"你怎么不一起去死"一直在脑海里盘旋，直到她脚底一滑，从一个山坡骨碌碌地往下滚，然后世界瞬间就安静了……

楚南洵喝醉了，这次是真醉了，房间的地板上全都是空了的酒瓶。他以为他这一辈子都不会为爱情这种东西烦恼，曾想过，平静无波地过一生，如果有必要，也可以随便找个人，不去计较那些过程，怎么样也能过完这一生。

后悔吗？不，他不后悔，是她让他体会到了爱情的滋味，他不但不反感，反而很迷恋，这也是他现在痛苦的根源。

他一向理智，虽然之前他对爱情别无他求，但是当初在决定要爱这个女孩儿的时候，他认真地确认过自己的心意。

什么叫喜欢？就如他之前所讲，“一日不见兮，思之如狂”。什么时候喜欢上的？或许是一个下雨天，他一身疲惫地打开门，一个淋成了落汤鸡的丫头，手里抱着一个箱子，整张脸干净无瑕，一双眸像是泡在水里的璞玉，虽然一身狼狈，却笑得如沐春风般。他还清楚地记得，那个时候她说的那句话——“你放心，大师，你的东西一点也没湿！”

又或者是她穿着旗袍的时候，忍不住就多看了两眼。刚开始还欺骗自己可能是灵感在作祟，所以想要看看她配上首饰时的样子，后来才清楚自己的行为，原来是想要靠她近一点，再近一点……

人有时候真的是很口是心非，那个时候听到她跟经纪人讨论喜欢他的事情，他明明心里猛地咯噔了一下，嘴上却死不承认。还记得那个时候她可爱的样子，着急地说着“不算不算”，最后还急得跑了出去。

幸好，知道了她也喜欢他的这个消息后，心里突然就踏实了不少。

可命运这东西，就是那么喜欢折磨人，宝石项链、摔倒的山坡、小可……他一定是被魔鬼附身了，才会控制不住自己的行为。第一次吻她的时候，居然是带着满满的恨意，无辜的她，只顾着脸红心跳，什么都不知道……

楚南洵的头上还缠着绷带，手里拿着一个酒瓶，裸露在外的手臂还带着大大小小的伤痕，正在这时，电话座机响了起来，在空旷的客厅里，异常刺耳。

响了一会儿，没人接，电话的留言直接响起来了：

"洵，我是静雯，我知道你不想接我的电话，不管你听不听这条留言都无所谓，我只是想要告诉你，我要离开了，去另一个城市重新生活。我知道，你从来就没有喜欢过我，但我还是要跟你说一声'对不起'，背叛就是背叛，我没有理由和借口来为自己辩白。你是一个好男人，所以要珍惜眼前人，哈哈，你应该知道我说的是谁，她来找过我，真是可爱得很……那，就这样咯，拜拜……"

听到最后，楚南洵忍不住扬了扬嘴角。没错，那次苏曼宁去找唐静雯的时候，他刚好也在那家咖啡店，陪韩迪相亲。

那丫头肯定不知道，其实跟她背对背坐着的，就是他吧？他回忆起当时的情形——

"你找我有什么事？"唐静雯语气不太好。

"啊，没事，没事，就是想请你喝杯咖啡。"苏曼宁抿嘴一笑，殊不知她那些花花心思，旁人一眼就能看出来。

"洵让你来找我的？"

苏曼宁摇了摇头。

"那我们之间没什么好谈的！"说完，唐静雯便准备拿包走人。

"哎……"苏曼宁连忙上前拉住唐静雯的手，这次她不卖关子了，"我……我就是想给你介绍男朋友！"

唐静雯一愣，一时没反应过来。她嫌恶地甩开苏曼宁的手，嗤笑道："开什么玩笑？我唐静雯什么时候轮到你来给我介绍对象了？"

“我……我其实，是……是想告诉你，我……我跟楚南洵在一起了，老感觉好像是我抢了你的男朋友，所以，我……我想弥补一下……”苏曼宁傻乎乎地笑了两声，说完才感觉自己好像有点没事找事。

唐静雯不可思议地哼了两声，重新打量了一下眼前这个女人：“你开什么玩笑？洵就算不喜欢我，也绝对不可能喜欢你这种类型。”

苏曼宁垂着头，抠着手指头，嘀咕道：“我也觉得不可能，可他已经……”说到这里，她有些不好意思了，“总之，我们已经那个啦！”

听到这里，不只是唐静雯瞠目结舌，连正在喝咖啡的楚南洵都差点被呛着。跟韩迪相亲的那女人，还以为他对她有意见呢，谁知他的注意力就没放过在她身上。

“你是来向我耀武扬威的？”唐静雯明显不高兴了。

苏曼宁连连摆手：“不不不，我真的是来给你介绍男朋友的。你别看我只是个三线小明星，我身边明星朋友多着呢！随便挑一个都比楚南洵强！”

这句话一出，就算是楚南洵也不淡定了，端着咖啡的手一抖，咖啡便洒在了衣服上，于是起身去了卫生间，走之前还睨了苏曼宁一眼。

唐静雯则没有那么有耐心，说了一句“神经病”后，便起身离开了。

“不要就不要嘛，干吗骂人？”苏曼宁噘着嘴巴咕哝了一句，而韩迪也不自觉地侧过头看了一眼苏曼宁，不禁哑然失笑——这世上能在男朋友前任面前炫耀得这么自然的女人，还真是不多见。

难怪楚南洵不淡定了。

也是在那个时候，楚南洵有一些后悔了，后悔自己接近苏曼宁的目的不纯。

想到这里，楚南洵开始心烦气躁，拿起酒瓶就咕噜咕噜了几口，他怎么会那么幼稚？一气之下，他把瓶子往地上一摔，顿时碎成一地。

第二天，沈梦汐来到楚南洵的家。屋里依旧黑漆漆的，酒气扑鼻而来，她皱了皱眉，准备上前去拉开窗帘，突然被躺在地上的人给吓一跳，这才看清满地狼藉和一夜颓废成大叔(虽然平时看起来也挺颓的)的楚南洵。

“啧啧啧，这就是自作孽，不可活呀……”沈梦汐唰地拉开窗帘。

早上的阳光顿时倾洒进来，有些刺眼，楚南洵用手挡了挡。

“不知道为什么，看到你这样，我居然有点欣慰！”沈梦汐一边帮忙收拾地上的瓶子一边说道。

楚南洵从地上爬起来，完全无视沈梦汐，然后进到浴室准备洗澡。

“我去找过曼宁了，她没见我，不过听她经纪人说，好像准备出国进修了。”

楚南洵关门的手一僵，顿时有些难受，不过只顿了两秒，便没事似的关上门，继续洗澡。

沈梦汐叹了口气，她是太了解他这个大表哥了，他很少为自己去争取过什么，永远都是一副与世无争的样子，虽然看得出来他很喜欢苏曼宁，但依旧看不出他到底会不会去挽回，这个“注孤生”的性格，也不知道曼宁那丫头喜欢上他哪一点了？

“你听清楚哦，是出国，而且短期内，不会回来！”沈梦汐站在浴室门外，再次强调。

“多好的姑娘，去到国外，肯定很受欢迎，到时候找个外国帅哥嫁了，再生个跟她一样可爱的混血宝……”

沈梦汐话还说完，楚南洵便突然打开了门，瞪了她一眼后，转身回房间了。

沈梦汐被吓得一愣，看着地板上的水——我的个乖乖，这人洗澡不用脱衣服的哦？

楚辰南把苏曼宁给约了出来，说是一起吃午饭。

“我记得小时候你喜欢吃辣，这家湘菜比较正宗，你尝尝！”楚辰南给苏曼宁夹了一块肉到她碗里。

“我还要唱歌，所以，不能吃辣！”苏曼宁把肉夹到桌子上。

“那我再点几个不辣的菜……”

“不用了，我已经吃过了，你有什么事就直接说吧！”

说真的，现在要是对楚辰南一点恨意都没有那是假的，因为造成这些悲剧的始作俑者，就是他。

楚辰南放下筷子，叹了口气，久久没说一句话。他该说什么呢？又该从什么地方说起呢？好像现在说什么都不管用了。

“南洵他不是个会报复别人的人，我希望你不要怪他……”

“我知道！”苏曼宁说得斩钉截铁，“我不会怪他，但是我没办法原谅自己……”

这句话虽没有说得很清楚，但楚辰南知道，她这是在抱怨她的母亲，当然，还有他。

“想去看看你妈妈吗？”

“我会去的，但我不想和你一起。”苏曼宁说完站起身，“这些年你资助我的那些钱，我会想办法全部还给你。我和你没有其他关系，所以，我不想欠你什么……”

“你讨厌我、恨我，我都能理解，但你妈妈是个好女人，她什么都不知道……”

“我有自己的判断力，不用你来提醒。”苏曼宁说完，直接从包里取出一张卡放在楚辰南跟前，“这是我目前所有的积蓄，后面的我会陆续存在这张卡里。”

“你留着吧，听说你要出国进修，你比我更需要……”

苏曼宁没听到似的，又从包里拿出了那条项链：“还有这个，我妈不需要，我更不需要……”

说完便头也不回地走了。

楚辰南拿起那条手链，眼眶一下子就湿润了：“对不起啊，慧敏，我没能照顾好阿宁，还让她对你产生了误解，我可能真的是这世界上最失败的男人了……”

这件事要从何说起呢？

大概要从苏曼宁的妈妈苏慧敏上大学时说起，也是苏慧敏跟楚辰南第一次见面的时候，她是学生，而他是老师。

苏慧敏性格内敛，却是个漂亮又知性的女孩子，而楚辰南，温润儒雅、谦谦君子，两人其实一见如故，可碍于是师生的关系，所以也一直保持着距离。

大学四年，虽谁也没说喜欢谁，但隐隐之中似乎形成了一种默契，你不言我不语，却是一个眼神都能懂的默契。两人最珍惜的时光便是待在画室里画画，不管是烈日阳光，还是细雨狂风，沉默不语，挥着画笔，描绘心中的美好意境。每次她因为画得不好而皱眉时，他都会耐心地在一旁指导，然后一起讨论梦想和远方。

可能是怕破坏这师生关系，一直到苏慧敏毕业，楚辰南送她到火车站，两人都忍着没有表达自己的心意。火车一走，楚辰南一个人站在月台几个小时舍不得离开，而苏慧敏悄悄地抹着泪，心里的难过，除了自己，谁都不知道。

谁知道这一别，就是十七年。

世界上最遥远的距离，不是喜欢一个人，那人却不知道，而是两个人明明都喜欢，却谁都没有开口。

分开的前两年，两人还会通过书信来往，可后来苏慧敏家庭变故搬了家，楚辰南因为工作而东奔西走，两人便断掉了所有的联系。再后来，楚辰南迫于家庭压力，结婚生子，而苏慧敏也有了男朋友，只是碰到的男人不靠谱，听说她患了病，便离开了她。也是在那个时候，苏慧敏怀了孕，成了未婚妈妈。

两人再一次见面，是在医院里。苏慧敏拿着病危通知书，迎面撞上了来医院探望朋友的楚辰南，那一刻的感觉，可能只有用“一眼万年”来形容了。时光匆匆，十七年一晃而过，他还是当年那个风度翩翩的谦谦君子，而她，却被病魔折磨得形销骨立，不成人形。

两人在医院的走廊里坐了一个多小时，最后以楚辰南的一句“让我来照顾你吧”结束。

本以为那不过是年轻时的情窦初开，谁知，再次的相遇，让两人沉寂已久的心再也无法平静下来。怕苏慧敏心理有负担，楚辰南没有告知他已婚的事，悄悄地回去把这件事跟自己的妻子明兰说了，希望能跟她离婚然后再去照顾苏慧敏。明兰听后，不知道是出于理解，还是真的爱得深切，竟爽快地答应了。

在这之后没多久，苏慧敏病情加重，在家里病逝，楚南洵便带着苏曼宁去了楚家老宅。因为当时考虑到孩子的问题，楚辰南离婚的事情并没有对外宣布，所以，当楚南洵知道自己父亲跟外面的女人在一起时，便固执地认为他是婚内出轨，这种仇恨在母亲出了车祸后便变本加厉了。

楚辰南本想回去好好告个别，带着苏曼宁去到另一个地方生活，可不料，明兰的车祸，让他一下子变成了千古罪人。在给明兰筹备葬礼期间，他完全忘记了苏曼宁，等他想起来的时候，苏曼宁已经失去了所有的记忆，在福利院里捧着碗吃着面，然后抬着头冲他笑，一脸天真无邪。

如果什么事都没发生前，他或许能守着苏慧敏的遗愿，帮她照顾好曼宁，可在明兰死之后，他没办法再面对这个孩子，只要一看到她，就会想起自己犯下的罪孽。于是，他离家出走了，什么都没带，一走又是十几年……

“请问辰南大师，你设计这款珠宝的灵感来源于哪里呢？”

“人这一生，会碰到很多很多的人，他们或成为你的朋友，或成为你的敌人，但是知己难寻，我之所以给它命名为‘Soulmate’，是因为我有，心中有爱，灵感便是水到渠成的事情……”

“那我可以理解为这是送给你最爱的人吗？”

楚辰南没说话，抿唇想了半天后，缓缓说道：“仅此一人，心灵神合。”

当时，所有人都以为这款项链是楚辰南为自己的妻子所设计的，却不知，最后却戴在了苏慧敏脖子上。那个时候，楚辰南还没有跟苏慧敏重逢，漫长的岁月里，相思难寄，最后便全都倾注于自己的作品当中了。

楚南洵从来没见过成品，谁知道第一次见，居然是在苏曼宁那里。

也许冥冥之中，他们的相遇就是注定的。

虽然楚辰南是珠宝设计师，但楚南洵学习珠宝却不是因为他，一是自己打小就喜欢古典文化，二则是妈妈对珠宝的热爱。要不是这两点，在楚辰南背叛他妈妈的时候，他就会选择放弃了。

今天天气很好，雨后的天空跟洗过一样湛蓝，太阳躲在云层后，时不时地探出脑袋，没有夏日般的灼热，有风，微凉。

楚南洵站在他妈妈的灵位前，愁眉不展。

虽然后来他知道了楚辰南是跟他妈妈离婚了才去找的苏慧敏，但在他看来，背叛就是背叛，没有任何道理可讲，或许对苏曼宁来说，她也觉得这是一种背叛吧？自己都尚不能释怀，又何况别人？

正在这时，楚南洵的电话响了，是老太太打过来的，让他去陪她看戏。

今天是戏院的休息日，所以里面很空，楚南洵和老太太坐在台下。今天唱的是京哥《梨花颂》，词曲典雅，意境深渊，唱的人身姿优雅，回味悠长，一起一落间，很是感人肺腑，特别是唱到“此生只为一人去”的时候。

楚南洵一直没有说话，定定地盯着台上，因为即便是老太太不说，他还是能看出来台上的人是谁。

楚南洵知道楚辰南会唱戏，却是这么多年来第一次听他唱，而且还唱得这么好。

戏唱完了，楚辰南下台去卸妆了。

老太太端起茶喝了一小口，而后拉过楚南洵的手轻轻地拍了拍：“洵儿啊，你父亲纵使万般不对，可你们终究是父子，该放下就放下吧！”

楚南洵不说话，在老太太面前，他不需要那么多的伪装，眼里盛满了忧伤和疲惫。他来到老太太跟前，跪着靠在她的腿上。

“如果一定要怪，你就怪奶奶吧，当初要不是我逼着他结婚生子，也不会酿成这样的悲剧。他心里一直有人，那姑娘我虽然没见过，但我感觉得到，他真的很喜欢她……所以，在听说她身患绝症时，他才毅然决然地想去照顾她。你妈妈也是个好女人，她在天有灵，一定不希望看到你们父子这样……”

听到这里，楚南洵眼角不禁滑落一滴热泪，这竟也是他十多年来的第一滴泪，因为一直耿耿于怀，所以不曾有一刻的放松。

等楚辰南出来的时候，楚南洵已经离开了，留下了他妈妈的那条祖母绿项链。是奶奶给他打了电话后，他回家去拿的，这本是祖上传下来给楚家媳妇的，现在他还给了老太太，似乎是不再执拗这件事了。

虽然决定出国进修了，但手上的工作还是要先完成，几个通告忙下来，居然也过去了小半个月。这天，苏曼宁接到了剧组的电话，说是杀青宴，叫她过去一起吃饭。

“梦汐姐，晚上的杀青宴我可以不去吗？”苏曼宁给沈梦汐打了电话。

“干吗不去？必须去，因为除去杀青宴外，还是我生日。怎么，不想送我礼物所以想逃啊？”

“啊，没有，没有，我不知道是你生日。”

“所以，你不仅要来，而且还要早点来，听到没？”

“哦，好！”

挂断电话后，苏曼宁暗自叹了一口气。要是以前，像这种热闹又有的吃的场合，她恨不得天天有人请她去，可现在，却没有心情大吃大喝，最主要的还是，作为主创人员，楚南洵应该也会去。

这段时间他们一次也没联系过，这要是碰到，比起尴尬，恐怕更多的是心痛。

因为剧组的人很多，吃饭的时候相当热闹，连着苏曼宁都被灌了几杯酒，不过庆幸的是，楚南洵并没有来，所以苏曼宁最后索性放飞自我，从被动直接转换为主动，三杯两盏下来，整张脸喝得通红。

饭吃完后，为了庆祝沈梦汐过生日，唐钰又在KTV里订了包房。剧组人太多，而且很多吃饭的时候就喝趴了，到KTV时，已经只有不到十个人了，当然，其中包括要醉不醉的苏曼宁。

苏曼宁本身就是唱歌出道的，虽然知名度不高，但“灵魂歌姬”的头衔也不是虚的，当她拿着话筒唱得忘我的时候，楚南洵突然推门走了进来。

其他人都可以无视他的出现，但苏曼宁不行，歌声戛然停止。她傻傻地愣在那里，心突然就漏跳了一拍。

胃里突然一阵翻江倒海，苏曼宁捂着嘴，绕过楚南洵跑进了卫生间，趴在马桶边哇哇吐了起来。

旁边递过来一张纸巾，苏曼宁想也没想，接过来说了声“谢谢”，再次抬头的时候，一下子撞进了一双温柔的眸里。

苏曼宁甩了甩脑袋，警告自己不要再陷进去。她起身来到洗手盆边，用凉水一遍又一遍地洗着脸，然后直接用袖子擦干了水，转过身，笑脸盈盈地打着招呼：“好久不见啊，大师！”

是好久了吧？如果按度日如年来计算的话。

看到苏曼宁的头发有些乱，楚南洵下意识地伸出手想要帮她整理，却被她躲开了。卫生间的灯不是太亮，喝了酒的苏曼宁眼神有一些迷离，楚南洵定定地看着她，心口隐隐有些不舒服。

“我送你回去吧？”他说。

“啊，不用，Sunny一会儿会来接我。”苏曼宁直接拒绝了，“啊，我的歌还没唱完呢，先出去了。”说完她落荒而逃了。

楚南洵伫立了两秒后，也跟了出去。

场子不会因为他们两个人而沉寂下来，此时唐钰正坐在高脚凳上，弹着吉他对沈梦汐唱他改编的生日歌。

苏曼宁随便找了个位置坐下来，刚刚拿起一块西瓜塞嘴里，就感觉旁边的沙发往下一陷，心里猛地一咯噔，还以为是楚南洵，结果抬头一看，发现他坐在离她最远的地方，心里忍不住有些小失落。

她好像还在期盼着什么。

接下来的一个小时，来找苏曼宁喝酒的、唱歌的络绎不绝，渐渐地，她便忘记了楚南洵，直到她的手机响起来，楚南洵让她去到电梯边。

“你找我有事？”此时的苏曼宁醉得已经有些摇摇晃晃了。

“我喝醉了，送我回家。”楚南洵靠在墙边，淡淡地说。

苏曼宁上下打量了一番，咂了下嘴：“可是你明明很清醒，喝醉的是我。”

这时，电梯到了，楚南洵二话不说便拽着苏曼宁进了电梯，然后下到了车库。

“你在这里等我，我去开车。”楚南洵转身欲走，却被苏曼宁拽住了衣角。

“你不要丢下我……”

楚南洵难受地咬了咬唇，忍了忍，但是没忍住，一把将苏曼宁揽入了怀里，紧紧地抱住。

“你才不要丢下我……”楚南洵的声音有些哽咽。

可能是感受到了楚南洵的情绪，苏曼宁开始轻轻地拍着他的背，然后温柔地安慰着：“乖，不哭啊，我不会丢下你的，永远都不会……”

也许是真醉了，也许是这个怀抱太温暖，苏曼宁没一会儿便睡过去了。楚南洵弯腰直接把她打横抱了起来，然后朝车子走去。

很快，车子便到了苏曼宁的公寓楼下。楚南洵没有叫醒她，就这么定定地看着，也不知道看了多久，苏曼宁忽然就醒了，然后打开车门，跑到路边吐了起来。

楚南洵想要下车时，却突然看到了 Sunny。

“哎哟，我的个小祖宗，你怎么喝这么多啊？”Sunny 边拍着她的背，从身上翻出纸巾，“你说你回来也不给我打个电话，害我白跑一趟！”

“Sunny，你今天好美哦，晚上我要跟你一起睡！”

“睡屁啊！赶紧回去，别让狗仔给拍到了。”

说完，Sunny 便扶着苏曼宁，一路摇摇晃晃地进去了，其间，苏曼宁没有回过一次头，好像是忘记刚才是从谁的车里下来的了。

谁知道这一别，再一次的相见，竟是一年以后……

15

第十五章

Chapter

重逢

去英国的第一个月。

“Sunny，真的没办法帮我换地方了吗？”苏曼宁捂着肚子，一副已经拉脱水的样子趴在桌子上。

“你以为换地方很容易啊？光是这个进修机会，都是我跟公司求了很久，才给求下来的，你现在给我后悔，当初走的时候，是谁毅然决然头也不给我回的？”Sunny正在敷面膜，这么一番激动的回话后，面膜整个皱成了一团。

“我一直以为作为吃货，可以吞下全世界的美味，可最后还是栽在了英国的黑暗料理下。呜呜呜……我好怀念火锅、麻辣烫啊……可是这边的中餐厅都好贵！”

“这就是不顾一切离家出走的后果，哼，我看谁管你！不过这样也好，我不用再担心你乱吃东西长胖了。”

Sunny表面一副得意的样子，却还是忍不住有些心疼，这已经是小曼宁第五次跟他抱怨诉苦了……

去英国半年后。

“我虽然不能完全听懂她的意思，但我知道，她肯定是在骂我、欺负我，不过我也骂回去了，用中文，估计她的感受跟我是一样的，哈哈！”

“她应该就是嫉妒你的美，下次遇到这种情况，就去告诉老师。”

“我又不是小学生了，还去打小报告。不过，Sunny，班上转来一个男生，好帅啊，金发蓝眼，就跟《泰坦尼克号》的那个男主角一样，而且在学校的人气也很好。果然啊，审美观全球都是一致的……”

“那你去追啊，尝试一下异域的恋爱是什么感觉。”

视频那头的苏曼宁突然就不说话了，Sunny知道，这是又让她想起伤心的事了，都半年过去了，那个伤疤还血肉模糊，风一吹，都是疼的。

去英国一年后。

“Sunny，我可能不行了，可我不想死在这里，我想回家……而且不知道是不是我最近过于敏感，我总觉得有人在后面跟着我……”

“你给我闭嘴啊，臭丫头，不过一个小感冒，什么死不死的？明天去打一针，什么都好了。”Sunny气呼呼地大吼了一句，看到视频里虚弱的小病猫，想起她又那么害怕打针，不免有些心疼。

“你少看点恐怖片，别自己吓自己，伦敦的治安还算可以，实在害怕的话自己买个防狼喷雾或者电击棒什么的安安心。啊，对了，你上次不是说，在咖啡店打工的时候，碰到了楚南洵的同学吗？如果有困难，能不能联系他让他帮一下忙？”

一提到“楚南洵”这三个字，苏曼宁便收敛了所有的表情，一句话也没说，便挂断了电话。一年了，起初拼命地想要忘记，现在却让她思念成疾的一个人，她有点害怕了，害怕自己的余生都会这样过下去。

Sunny 说的那个同学就是诺亚，他是前不久才回的英国，跟苏曼宁的碰面也纯属偶然。因为之前诺亚对苏曼宁的印象就挺好的，聊了几句后，两人便互留了电话。

虽然苏曼宁没有想要再次见面的打算，但诺亚却时不时地会打来电话，也确实在很多事情上给予了帮助，一是觉得老是麻烦别人欠下人情债不太好，二是真的不想再跟与楚南洵有关的人多接触，怕他问起，也怕他提起，她现在还没有到可以跟人若无其事谈论楚南洵的时候。

所以，最后索性把诺亚的电话存为“不要接”。

不过，有句话怎么说来着，说曹操曹操就到，那个“不要接”又打来了。

本来打算继续无视的，谁知道他还发了一条短信过来——“今天晚上我的生日 Party，一定要来哦！”

苏曼宁有些无奈，既然是生日，总不好拒绝了吧？

苏曼宁晕乎乎地从床上爬起来，去翻了翻自己的钱包，看到为数不多的几张钞票，不由得皱了皱眉，看来，只能送一些小礼物了。

苏曼宁裹了件风衣去街上选礼物，虽然才入秋，但风很大，有些凉意逼人。

路过一家珠宝店的时候，苏曼宁不由得停下了脚步，就算跑到异国他乡，但看到所有有关他的东西，还是会一不小心就触景生情。

她一直在等，希望他可以挽留她，或者简单地来跟她说一句“对不起”，她便可以放下所有的顾忌扑进他的怀里，因为很早之前她就说过啊——“不管你是因为什么跟我说对不起，我都原谅你，因为我喜欢你呀！好喜欢好喜欢……”

她只是需要一个台阶下，他为什么就不试试呢？

可能，还是因为不喜欢吧。

准备离开的时候，一个扫眼，苏曼宁像是看到了什么，身子猛地就僵住了。

这条展示在橱窗里的手链，不是楚南洵当初在医院给她设计的那款吗？

苏曼宁看了看手链旁边的展示牌，设计师那一排写的是——Daniel Mike。

苏曼宁很难淡定了，她转身推门走进了珠宝店，激动地直接用中文讲道：“那款手链明明是楚南洵的作品，为什么会是 Daniel Mike ？这绝对是抄袭，是侵权！”

好像怕他们不信，苏曼宁还直接从身上掏出了当初的那张设计图：“你看看，原图在我这里，下面还有签名和时间。啊，对了，我曾经把这张图晒过朋友圈，一定是被有心之人看到了，偷了去，所以，你们必须给出一个合理的解释！”

因为叽里呱啦的，对方也没听懂她在说什么，还以为是来闹事的，于是便报了警，苏曼宁被直接带进了警局。

经审问和调查，原来是珠宝店的店员放错了牌子，这款手链的设计者的确是“XunC（楚南洵）”，苏曼宁虽然没被处分，但心里还是很难过。

这明明是给她设计的，为什么变成了商品摆在了橱窗里？

难道她对他就真的一点都不重要吗？

因为需要有人来保释，所以苏曼宁不得不打了诺亚的电话。过生日还让别人跑来警察局，苏曼宁很是抱歉，一路上都在给诺亚说“Sorry”。

“诺亚，你还会去中国吗？”苏曼宁问。

诺亚点了点头：“当然啊，那里也是我的家嘛！这次回来，主要是参加妹妹的婚礼。”

苏曼宁捏着那张设计图纸，犹豫了一下后，递了过去：“那下次你去中国的时候，能不能帮我把这个还给楚南洵？”

“你还是亲自还给他吧。”

“嗯？”

“我忘了告诉你，楚南洵现在就在我家呢！”

“什么？”

诺亚说，楚南洵之所以来伦敦，是参加这里一年一度的文艺时尚秀，是以 Fashion 的美学督导身份来的，大概会待上一周的时间，而诺亚叫苏曼宁去他的生日聚会，也完全是为了给他们彼此一个惊喜。

车子停在了一家蛋糕店门口。

“可以麻烦你帮我去取一下蛋糕吗？”苏曼宁还在发愣之际，诺亚突然开了口。

“哦，好！”苏曼宁接过单子点了点头。

“可能需要等上十几分钟，一会儿你沿着这条路一直往上走，就可以到了。”

还没等苏曼宁反应，诺亚便开车离去了。苏曼宁站在原地，愣了许久才回了神，纠结忐忑了一路，现在似乎想要后悔也来不及了。

天已经完全黑了，苏曼宁取了蛋糕推门出来时，才发现外面下起了雨。

“屋漏偏逢连夜雨，老天爷，我好像没有要跟谁比惨啊……”苏曼宁自言自语地说了一句后，叹了口气，然后提着蛋糕跑进了雨里。

一个转角，碰到了打着伞的楚南洵，黑色的高领衫，外面一件深蓝色的长款风衣，胸前的那一条毛衣链很是夺人耳目，想必就是他的设计，独特精致且寓意深远。

他一只手插在裤兜，伞在他的脸上打下了一片阴影。那个站在夜里总是安静无语的男人，却响如惊雷般地出现在她的世界。

怦怦，怦怦……

苏曼宁的心跳一下子就乱了节奏，起初是紧张激动，而后转换为慌张害怕，接下来便想着能不能找个地洞藏起来，或者就不顾一切地落荒而逃？

苏曼宁深吸了一口气，装作若无其事的样子来到楚南洵的跟前：

“既然你来了，就麻烦你把蛋糕拿过去吧，再帮我跟诺亚道个歉，我……我有些不舒服，就先回去了。”

楚南洵刚一接过蛋糕，苏曼宁便转身跑了，他两三步走到她的跟前拦住。

苏曼宁惊慌地抬起头，眼巴巴地看着他，还以为他要说些什么的时候，他只是把手里的伞递了过来。

苏曼宁一尬，摆手笑了笑：“不……不用了，雨不是很大。”话刚一说完，她便忍不住打了个喷嚏，还真是尴尬癌都要犯了。

楚南洵依旧一个字也不说，他直接把伞盖在了苏曼宁的头上，然后便提着蛋糕一声不吭地离开了。苏曼宁不敢转身，怕看到他决绝的背影会忍不住眼泪直掉。她曾幻想过无数次他们重逢的场景，这一次，还不算太糟糕，至少，不是在彼此的婚礼上……

只是真的好想听听他的声音，他怎么能吝啬到一句招呼都不打？

回去的路途并不近，苏曼宁没有打车，走了差不多一个小时才到家，下了雨又加上一直没停的凉风，没走两步就会忍不住地咳两声，到家关上门的那一刻，终于控制不住自己的情绪，抱着膝盖委屈地大哭了起来……

第二天，天气放晴，睡了一夜的苏曼宁头始终有些晕晕乎乎。洗漱后，她便准备去上课了，开门的时候，发现门把上挂着一袋药。

苏曼宁突然就想到昨晚诺亚打电话问她蛋糕送去哪里了的事情，蛋糕没有拿过去，难道是因为楚南洵跟在她后面送她回家了？看她一路都在咳嗽，所以便买了药送过来？

苏曼宁正各种幻想的时候，突然隔壁的邻居阿姨出来了。

“Ning，你感冒好些了吗？”

苏曼宁被问得一蒙，邻居阿姨看了看她手里拿着的药，解释道：“啊，我昨天听见你一直咳嗽，你也知道我们这房子隔音效果不好，看到家里有药便给你送了来，敲了门没回应，便放在了门口。”

“啊……”苏曼宁心下一阵失落，“谢谢，玛丽夫人，我好得差不多了。对不起，昨晚可能吵到你休息了。”

“没关系，一个女孩子，一个人在外面生活不容易。”

玛丽夫人比较善谈，苏曼宁表面上在听着，心思却早就飘走了，真是佩服自己的想象力，一个连话都不愿意跟你说的人，怎么会陪着你走一个小时，还会为你去药房买药？

看着苏曼宁离开的背影，玛丽夫人不由得摇了摇头，想起了昨晚站在苏曼宁门口的那个帅小伙，自顾自地说了一句：“东方人表达感情的方式还真含蓄。”

吃了药后，苏曼宁整个人的精神好了许多，昨天那些负面情绪也跟着烟消云散了，所以听说楚南洵来到他们学院时，苏曼宁基本上能保持镇定了。

卡斯艺术学院有很多课程，其中包括设计、音乐、美术、电影、播音等等，而楚南洵来学院，是作为主编和面试官来的，为这一次的文艺时尚秀甄选模特，听说韩迪也来了。

这对艺术学院的学生来说，可是一次千载难逢的展示自己的机会，说不定就一炮而红了，所以来报名的人特别多，学院还为此停了三天的课。

“Ning，跟我一起去报名吧？不限专业的，可以去试试。”说话的是苏曼宁一个班的同学 Alisa，金发碧眼，身材高挑。

苏曼宁摇了摇头：“自知之明还是要有的。”

Alisa 看了一眼苏曼宁的胸，遗憾道：“可惜他们不选胸模……”

苏曼宁眼睛一瞪，突然想起那次胸部压住楚南洵脸的事，不由得有些红了脸：“哈哈，一般般，一般般而已。”

“那你可以陪我一起去吗？我都没参加过这种选秀，有些紧张。”

苏曼宁来不及拒绝，便被 Alisa 给拉走了。好吧好吧，老天做证，我是被强迫的，才不是刻意跑去看他的呢！

一路上，Alisa 都在讲关于楚南洵的事情，什么这么年轻就这么优秀啊，什么长得特别帅，要找中国男朋友就找他那种啊。

苏曼宁全程没有打断她，不知道为什么，听着听着，她居然感觉有些飘了，有种“我就是他前任，尔等羡慕不来”的小骄傲。

选拔就在学院的小舞台进行，一眼望过去，还真是各个专业的都有，且个个身材很好、长相精致，竞争是相当激烈啊！

苏曼宁不禁想起以前刚被 Sunny 发掘去公司的那会儿，那时的她没心没肺，上台展示还不会那么紧张，但如果现在再让她上去，她铁定会紧张得说不出话，因为台下看着她的那个人。

“啊，Ning，你先帮我占着位置，我肚子有些不舒服，要先去一趟厕所。”正在这时，Alisa 突然把牌号塞到苏曼宁手里。

“那一会儿过号了怎么办？”

“你替我上！”

“哎？”还没等苏曼宁反应，Alisa 便已经捂着肚子跑了。苏曼宁顿时慌作一团，她就知道她今天不该来这里的。

五分钟后……

“下一个，28 号。”

苏曼宁心里一咯噔，Alisa 还没出现。在喊了第二遍“28 号”后，她深吸一口气，硬着头皮上了。

不就一个前男友吗？没在怕的！

可能也是没料到苏曼宁会来参加吧，本来还恹恹敲着笔头的楚南洵，也一下子来了精神，坐在一旁的韩迪也不由得挑了挑眉：“OK，做一个自我介绍吧！”

苏曼宁朝韩迪笑了笑以示打招呼，然后又悄悄地看了一眼楚南洵，和他对视的那一刹那，感觉魂儿都快被勾走了，也根本不知道接下来自己到底在说些什么。

“大家好，我叫苏曼宁，音乐系的，身高 165cm，体重 45kg，三围 90、60……”

“好了，走一圈下去吧！”苏曼宁话还没说完，楚南洵便开口了，而且说的还是英文，语气里好像还带着一些不耐烦。

苏曼宁有些委屈，但也不好在台上表现出来，来回走了一圈台步后，另一个评委突然说了句：“恭喜你，入选了。”

苏曼宁一惊，险些没站稳。她完全就是替别人登场的，没有想入围的意思啊，不过还没等她拒绝，评委便喊了下一个号码。

苏曼宁无奈，只得先下了台。

看他那嫌恶的表情，肯定是投了反对票的吧？

模特选拔进行了差不多三天的时间，苏曼宁自那次过后，就再也没去那边。既然他那么不待见她，她也便不去碍他的眼。

文艺时尚秀就在今天，楚南洵参加完这个，大概就会回去了吧？苏曼宁拿着叉子戳着盘子里的意面，一脸的沮丧，表面再装作不在乎，心里还是会忍不住难过啊。

她就应该躲到南极去，这样应该到死都不会再见面了。

"同学，这是你刚才掉的东西。"这时，一位同学递了一张纸过来。

苏曼宁接过连忙说感谢，小心地拍了拍它上面的灰尘。是一张医院的处方单，上面画了一条手链，是楚南洵专门为她设计的，也是分开的这一年里，她唯一可以睹物思人的物件。

原本全世界只有这一条，可现在它却成了商品摆放在橱窗里。

一想到这里，苏曼宁心里就忍不住一阵难过。

她唰地站起身，决定把设计图还回去，既然已经不是她的专属品，那自然也没有必要再留在身上。

文艺时尚秀在伦敦的芭比肯艺术中心举行，在走秀前，好像有一个音乐会，要想见到楚南洵，首先就得进这扇大门。苏曼宁站在门口，拿着手机，纠结着要不要给他打个电话。

不会拉入黑名单了吧？删掉了？或者直接换号码了？

正在纠结的时候，突然有人拍了拍苏曼宁的肩头，是韩迪。

“来找他的？”韩迪开门见山地问。

苏曼宁尴尬地笑了笑：“好久不见啊，韩迪哥。”

“是……挺久了，小丫头厉害呀，一个人跑到这人生地不熟的地方。”

“嗯，就是想多学点东西！”

韩迪作为楚南洵为数不多的朋友，怎么会不明白他目前的感情状况。是，他是很久没有见过苏曼宁了，不过，却经常会在楚南洵的手机上看到，这家伙现在只要窝在哪个角落里一言不发，就一定是在盯着手机屏幕睹物思人。

“要不，我带你进去？”

苏曼宁很想马上就点头答应，但想了想又觉得还是不要再见面了，于是把那张设计图拿出来：“我……我就不进去了吧。韩迪哥，能不能麻烦你帮我把这个转交给他？”

韩迪接过设计图，看到上面画的手链，似乎明白了一些什么，连忙又把东西给塞了回去：“我不要，免得到时候某些人说我抄袭他的作品。”

苏曼宁正想解释什么，韩迪已经把她拉了进去：“好了，跟着我有免费的音乐会看，走吧！”

苏曼宁从没有来过这种高端的音乐会，即便她是学音乐的，但对交响乐，还是产生不了多大的兴趣，最主要的是听不懂。

表演厅很大，苏曼宁和韩迪坐在中间的位置。表演已经开始差不多十分钟了，苏曼宁左右张望，却一直没看到楚南洵的身影，明明前一秒还排斥着跟他见面，这会儿却又盼望着能多看两眼。

“别找了，他坐在你后面呢！”这时，韩迪凑过来小声嘀咕了一句。

苏曼宁娇躯一震，瞬间感觉如芒在背，手不自觉地在腿上抓了一把，心开始扑通扑通乱跳起来。

本来被此起彼伏的交响乐弄得直打瞌睡的，这下好了，瞬间睡意全无。

中途休息的时候，韩迪去上厕所了，场灯也一下子亮了，苏曼宁本就紧张的心，跳得更加快了，要不要转身过去，把东西还给他就走啊？

苏曼宁一个起身，还没来得及转过去，旁边的位置就突然坐下来一个人，不是上厕所回来的韩迪，而是从后座走上来的楚南洵。

苏曼宁整个身子都僵住了。

灯光再次暗了下来，楚南洵终于侧脸看了过来。

“别挡着后面的人。”他这么轻描淡写地说了一句。

还是嫌她碍眼。

音乐会继续进行，可能是换了新的乐队，全场响起了热烈的掌声，苏曼宁也跟着不走心地拍了两下。正在这时，楚南洵突然一把拉过苏曼宁，吓得她差点跳起来。

“你不能小心点吗？”楚南洵对着后面的人大声呵斥，“这里不是电影院，不允许带食物进场的不知道吗？”

苏曼宁这才反应过来，原来是后面来了新的人，手里拿着咖啡，因为光线太暗，险些洒在苏曼宁身上，还好楚南洵手快。

对方连连道歉，可楚南洵似乎根本不想接受，拉着苏曼宁便朝出口走去。

这还是苏曼宁第一次看到楚南洵发这么大的火，他居然用英文骂人也这么有气势，真是不太好惹的主儿啊。

到了明亮的地方后，楚南洵开始检查苏曼宁有没有被咖啡溅到，那担心她的样子，让苏曼宁想起了以前他对她好的时候，所以在他手伸过去想要去帮她擦掉衣服上的咖啡渍的时候，她下意识地往后退了一步。

然后又在楚南洵说话前，她把那张设计图递了过去："还给你！"

楚南洵一看，心下一惊："这件事是个误会，是助理拿错了设计稿……"

"有新的助理了吗？"

苏曼宁自己也说不清，为什么她的着重点会在这个上面。她其实很想要个解释的，不过，他一站在她跟前，她便失去了所有的理智（尽管这个东西她就没有过）。

"你今天就要回国了吗？"她问。

"看你！"

"什么意思？"

"你是想跟我回国，还是要我待在这里？"

16

第十六章

Chapter

辞“旧”迎“新”？

“楚南洵，我讨厌你！”苏曼宁丢下这句话后，便转身欲跑，却被楚南洵拉住了手臂。

“不要闹了，好不好？”楚南洵微微蹙了眉。

苏曼宁委屈地咬了咬唇，眼里一下子便盈满了泪。她甩开楚南洵的手，反问道：“所以，你一直都是认为我在闹，是吗？”

楚南洵还想解释些什么，结果苏曼宁把那张设计图往他身上一丢，便跑开了。

他的意思，其实就是想要她回到他身边，这一年里，他已经快被“可望而不可即”的感受给折磨疯了。

韩迪其实也不是去上厕所，而是故意给两人一点接近彼此的机会，可看到前一秒还很会撩，下一秒就能把天聊死的某人，韩迪只能叹口气拍拍他的肩膀。

“你果然跟我一样，适合单身。”

楚南洵侧过脸斜了他一眼，那眼神仿佛在说：谁跟你一样？连恋爱都没谈过的万年单身狗！

第二天，苏曼宁像往常一样去上课，一下楼，发现楚南洵正靠在车边悠闲地看着她。

苏曼宁来不及惊讶，转身又返了回去。

楚南洵无奈地来到门前敲了敲。

“再不去上课，可就要迟到了。”他抬腕看了看表。

苏曼宁咬了咬唇，纠结了一下，开门走了出去，还没等她说出一个字，楚南洵便上前把她环抱住。

“早上好！”他低沉的嗓音让人忍不住一酥，然后又在苏曼宁来不及心慌和回味的时候，他突然一个弯腰，直接把她扛在了肩上。

“你放开我！”苏曼宁吓得手忙脚乱。

楚南洵大手往苏曼宁屁股上一拍：“听话！”

苏曼宁脸一红，就不敢动了，任由他把自己塞进车里。

开车前，楚南洵从后座拿了份文件丢到苏曼宁怀里。

“你看看，喜欢哪一个。”

苏曼宁一蒙，拿起文件翻了翻，不由得瞪圆了眼睛，全是精装修的房子户型图。

“你要喜欢热闹，我们就住市区，喜欢安静，我们就在郊区买一栋别墅。”

苏曼宁气得把文件往后面一丢：“你爱买什么买什么，不关我的事。”

“你是房子的女主人，当然要问问你的意见。”

“我才不是！”苏曼宁把头别向一边。其实心里是有些高兴的吧，不过她又不是财迷，休想用物质的东西来讨好她。

车子很快到了学校。

“中午我来接你吃饭。”楚南洵留下这句话后，便开车扬长而去了。

苏曼宁站在原地，久久都回不过神来。

“嘿，Ning，那是你男朋友吗？远远看去有点眼熟呢！”这时，Alisa走过来拍了拍苏曼宁的肩膀。

“啊，他不是我男朋友。”起码现在还不是。

“那正好，今天晚上，有一个联谊Party，我们一起去！听说James也有去哦！”

“哎？”

因为楚南洵的那句“中午我来接你吃饭”，搞得苏曼宁一整个早上都恍恍惚惚的，最后一堂课的下课铃声响起后，她的心像是被什么给弹了一下，这种激动就跟以前盼着见他时是一样的。

她拒绝了所有邀她一起吃饭的同学，坐在教室里等楚南洵打电话，可时间一分一秒地过去，时针都已经指向一点了，电话也没有响起。

于是，苏曼宁的期盼被一点一点地磨灭掉，最后忍不住自嘲一笑。

去小商店买了份三明治，一个人坐在学校的长凳上吃着，心里不停地安慰自己，可能是楚南洵不知道她的电话号码，或者是他临时有事要忙。

想到这里，苏曼宁才意识到危险，连忙甩了甩头，一定要保持清醒，不能因为对你一点点好，就屁颠屁颠地扑上去，要吸取教训。

苏曼宁两三口就把三明治吃完了，并暗暗下定了决心。

想要忘记一段感情带来的伤害，最好的办法就是开始一段新的感情，她苏曼宁，要长相有长相，要身材有身材，可不能为了一个男人，就白白浪费掉自己的青春。

于是，苏曼宁翻出自己最好看的衣服，然后画了个美美的妆，站在镜子前转了一圈，嗯，相当满意。

联谊 Party 在一家酒馆里进行，苏曼宁和 Alisa 到的时候，已经有蛮多人了，很是热闹。

Alisa 口中的 James 就是苏曼宁之前跟 Sunny 说的那个像《泰坦尼克号》男主角的小帅哥，此时正准备上台弹吉他，见苏曼宁来了，连忙把她也拉了上去。

起初苏曼宁还有些害羞和别扭，但很快就玩开了，James 负责弹，她负责唱。

阿黛尔的《Someone Like You》——

听说你心有所属

找到真命天女即将步入婚姻殿堂

听说你美梦成真

看起来与我相比，她才是满分

……

没关系，我会找到某个像你的他

并送给你我最诚挚的祝福

不要忘记我，我恳求你，我记得你说过

有时候爱情能成为永恒，但有时爱又如此伤人

……

经过专业的学习后，苏曼宁本就好听的声音，把这首歌唱得很是婉转动听，整个酒馆的人都不由得静下来认真聆听。沉醉于唱歌的苏曼宁像是自带光环的天使般，星光熠熠，让人有些挪不开眼睛。

只是唱着唱着，忽然就情到深处，泪眼蒙眬，然后趁着眼泪没流下之前跑去了卫生间。

“Ning，你还好吗？”James 在门口喊了一句。

苏曼宁用冷水洗了把脸，深吸了一口气后，看向镜子里那个没用的自己，不由得叹息：“苏曼宁，你的失恋期真是有够长的。”

“Ning，需要帮忙吗？”门外的 James 似乎有些担心。

“我没事，谢谢！”苏曼宁走出来，尴尬地笑了笑。

“你要是觉得哪里不舒服，我可以先送你回去。”James 说。

“不用，我很好！”

苏曼宁说完转身要走，却被 James 拉住了手臂：“嘿，其实我今天是为你而来的。”

苏曼宁一吓，还以为是自己听错了。

“我很喜欢你，所以，你能做我女朋友吗？”

James 那双深邃的蓝眸看得苏曼宁心里一阵发慌，他们虽然在一个班，但严格说起来，是话都没说过几句的陌生人，这突如其来的告白，

真是让人一点心理准备都没有。

“比起大多数英国人，我可能显得比较内敛，其实，我很早就喜欢你了，喜欢你的黑头发、黑眼睛，嗯，一切的一切，你能接受我的告白吗？”

苏曼宁长这么大，喜欢她的人很多很多，可是真正跟她表白过的，却只有这一个，还是个外国的小伙子，所以惊讶的同时，多少还是觉得有些小骄傲，啊，原来美貌的她走出国门还是这么受欢迎啊！

正在这时，苏曼宁的电话响了起来。看着熟悉却又有些陌生的来电显示，苏曼宁当即便决定道：“好，我答应做你的女朋友！”

James 可能没想到自己的告白会成功，兴奋得竟有些不知所措。苏曼宁能理解他的心情，想当初她也有过这样子的激动和兴奋。

答应过后，苏曼宁心里便硬气了许多，她接起了楚南洵的电话。

“这么晚了，你怎么没在家？”

“我在外面喝酒呢！”

“喝酒？跟谁？”

苏曼宁看了看一旁的 James，答道：“男朋友。”

电话那头沉默了一阵，然后说：“别闹了，赶紧回来，我在你家楼下等你。”

“好呀，顺便跟你介绍一下我的男朋友。”

苏曼宁挂断电话，可是不知道为什么，说完这番话，却没有自己想要的那种畅快感，反而觉得心里酸酸的。

“James，我有些累了，可以麻烦你送我回去吗？”

“乐意之至！”

James 开车送苏曼宁到了她家楼下。

下车后，苏曼宁远远地就看到靠在墙边的楚南洵，起初还想理直气壮地拉着 James 到他跟前炫耀，可看到这样低沉萎靡的男人在那里等着她，她便有些不忍心了。

苏曼宁想转身叫 James 先回去，但是似乎已经来不及了，楚南洵已经朝他们走过来了。

他二话不说，拉着苏曼宁便走。

James 两三步上前，拦住两人的去路：“你干什么？”

“让开。”楚南洵语气不善。

James 看了一眼苏曼宁。

苏曼宁挣脱楚南洵的手，然后走到 James 旁边：“跟你介绍一下，他是我男朋友 James。James，这是我……”她顿了一下，“以前的老板。”

“你要是讨厌我，我可以离开，没必要牵扯别人进来。”楚南洵说。

苏曼宁没想到他会这样说，有些委屈。她捏了捏拳头，红着眼睛冲楚南洵吼道：“你走啊！走得越远越好，你不知道我来英国就是为了躲你吗？你为什么还要出现在我的面前？你伤害我还伤害得不够吗？你别以为我喜欢你，你就可以对我为所欲为！楚南洵，我再也不想看到你！”

苏曼宁吼完就跑开了，情绪宣泄的那一刻，感觉整个身体都被掏空了似的。终于还是爆发了啊，原本以为无所谓，原本以为真的什么都可以原谅，可到底还是委屈啊，以至于他留下的这个伤口，到现在都还是说不得、碰不得。

这之后，楚南洵就真的没出现在苏曼宁眼前了。虽然心里各种煎熬和难受，但是苏曼宁相信，这次之后，一切都会慢慢好起来的，况且她现在有了一个热情又浪漫的男朋友。

被一个人喜欢，果然没有喜欢一个人那么累，不用小心翼翼，也不用照顾他的感受而委屈自己。

“这个周末有时间吗？”苏曼宁正在发呆的时候，坐在对面的James说道，“我看你最近心情不是很好，所以准备了一次野外聚餐。我还学会了做中国菜，到时候你可以尝尝！”

见苏曼宁还有些犹豫，James继续道：“不会很远的，当天完全可以来回。而且也叫了其他的同学。”

“那好吧！”

看在人家那么有心，她也是实在不好拒绝，权当散心了吧！

周末天气不错，风高气爽。

James一早就开车来接苏曼宁，说是很近，但开车也花了一个多小时，不过好在风景挺美，一片梧桐林，黄澄澄一片，仿佛置身于童话世界里。

同学们因为住的地方远近不一，所以拼车会晚一点到。

“谢谢你，James，我很喜欢这里。”

苏曼宁找个地方坐下，梧桐树边还有个湖，微风一吹，湖边的梧桐落叶便打着旋儿往下掉，然后在湖面荡开一圈圈的涟漪。

“之前那个男人是你以前的男朋友吧？”James问。

苏曼宁深吸了一口气，决定大方地分享，应该试着让他不成为一点就痛的话题。

“嗯，可是他欺骗了我的感情，现在应该回国了吧？”

“那你来这里，也是因为他吗？”

苏曼宁点了点头，身体往后一躺：“原以为，距离能让我淡忘和远离伤痛，可是到最后才发现，真正的遗忘，是放下。”

“那你答应我的追求，是因为他吗？”

说起这个，苏曼宁觉得有些愧疚。她直起身，决定坦白：“对不起，James，一开始的确是这样……”

原以为James会生气，结果他没有，看上去更像是松了一口气。

两人又聊了一会儿后，James发现他手机没电了，便让苏曼宁把她的手机借给他。

James去到一边打电话，然后好像是跟电话那头的人吵起来了，特别激烈，苏曼宁吓了一跳，她从没看到James那么暴躁过，而且说的是带口音的方言，根本也听不太懂。

最后，激动的James气得把手机一扔，“扑通”一声，丢进了湖里。

“啊，对不起，我太激动了，忘记是你的手机了。”后知后觉的James连忙道歉，然后准备脱鞋下去捡。

苏曼宁连忙制止道：“不要下水，这湖很深，太危险了。再说，捡起来估计也不能用了。”

James一脸歉意，但看到苏曼宁第一时间是关心他的安危，又不免有点感动。他上前一步抱住了苏曼宁：“对不起，亲爱的，我会买一部新的送给你。”

突如其来的亲密行为，让苏曼宁一时之间无法适应，她推开James，尴尬地笑了笑：“嗯，没关系。”

有关系，可是能怎么办？别人又不是故意的，跟一开始答应他的理由相比，被丢掉手机算是轻的了好吧？

久等同学们不来，James便先带苏曼宁去了附近的小屋，说是先准备好等他们，而且手机也需要充一下电。离开之前，苏曼宁还看了一眼手机掉下去的地方，想起刚才狂躁的James，心里忽然有些不踏实。

小屋比较隐蔽，要穿过一片树林，而且没有路，方向感要是不强，很可能就迷路了。苏曼宁来不及欣赏风景，紧紧地跟着带路的James。

小屋是木头搭建的，听James说，这是他朋友的房子，他朋友在市区买了房后，就很少回来了，但设备还是很齐全，因为要在这里用午餐，所以，会借用他们的厨房。

屋子比较老旧了，木地板踩上去还会发出吱吱呀呀的声音，不过好在干净整洁。James拒绝苏曼宁帮忙，一个人在厨房里忙活，苏曼宁便找了个地方坐下，看着他来来回回，突然就想起了楚南洵在厨房忙活时的身影。

那个早上，阳光明媚，空气清新，他穿着一件粗布衫，围着一条深色的围裙，袖子挽得高高的，切菜的动作行云流水，干净利落……

正在这时，James突然“啊”了一声，打断了苏曼宁的想象……

“怎么了？”她问。

“不小心切到手了，Ning，你去客厅帮我找找，看有没有创可贴什么的。”

苏曼宁应了一声，便跑去客厅了，而James却趁机从包里拿出了两个药片，放进了一旁的红酒杯里。等苏曼宁没找到创可贴，拿着纸巾着急地跑过来的时候，James只笑了笑，说不严重，已经没有流血了，让她帮忙把菜端到桌子上，自己则拿着两杯酒走了过来。

菜虽然看起来不怎么样，但吃到嘴里，也不算难以下咽，毕竟人家为她那么尽心尽力，她哪里还有资格挑剔，连连称赞好吃。

“不管你之前是因为什么答应做我女朋友，我希望从今天起，你可以试着开始接受我！”James端起酒杯说道。

如果之前答应James的追求是因为冲动，那现在苏曼宁就必须保持理智了。她想了想，拿起酒杯和James碰了碰：“谢谢你这段时间为我做的一切，但是我可能没有准备好去接受一份新感情，所以，我希望我们还可以是朋友。”

James摆摆手：“OK，OK，没关系，我们还是朋友！”

两人相视一笑，举杯喝了一口。

这时，James的手机突然响了，他起身去接，回来的时候，拿走了椅背上的外套：“你稍微等一下，Alisa他们到了，可能找不到路，我去接一下。”

苏曼宁点了点头，James穿上衣服，很快便消失在了树林中。

苏曼宁放下杯子，来到窗边，看着外面风吹落叶的美景，不自觉地就回想起跟楚南洵在一起时的点点滴滴，独自伤怀。

他已经回去了吧？会不会过不了多久就传来他结婚的消息？那个以后在他旁边的女孩儿，会是他喜欢的吗？他会给她熬粥，给她画设计图，带她去参加大大小小的聚会吗……

正在这时，天空忽然下了雨，豆大的雨点窸窸窣窣地往下砸。苏曼宁回过神，忽然想起James出去的时候没有带伞，于是回屋去找有没有伞时，突然觉得脑袋一阵发晕，甚至有些站立不稳。苏曼宁这才警觉到一丝不对劲，应该是酒被下了药。她一路扶着墙去到了客厅，然后从包里翻出了之前自己买的防狼电击器。

刚把电击器拿到手，里屋的暗室里便走出来两个人，戴着口罩，穿着白色的大褂。苏曼宁一下子便想到了前几天在新闻上看到的中国留学生在伦敦失联的新闻。

还好刚才只是抿了一小口酒，不过，现在要逃出去不太可能……来不及多想，她往沙发上一倒，索性假装昏迷。

穿着白大褂的是一男一女，他们说话的口音跟James之前打电话时说的有些相似。苏曼宁紧紧地捏着电击器，但还是因为害怕，身体忍不住微微颤抖。可能对方也是察觉到了这个，那男人说了些什么，女人应了一下，便进了里屋。

苏曼宁微微睁了眼，发现那男人离自己很近，于是拿起电击器就往他腿上一电。那男人扑腾两下后，便直接倒在地上晕了过去。那女人发现外面有动静，拿着针管跑了出来。苏曼宁一吓，从沙发上滚下来，还没跑两步，就被那女人拽住了头发。

那女人恶狠狠地骂了几句后，拿起针筒就准备往苏曼宁身上扎。苏曼宁一个闪避，躲开了，可无力的四肢怎么敌得过对方的身强力壮，苏曼宁被那女人按在地上。女人想要再次扎针时，发现针头掉了，于是丢到针管，把苏曼宁往里屋拖行。

然后，苏曼宁被丢到了一个阴暗潮湿的地下室。

那女人返回去好像是要拿什么东西，苏曼宁抬头一看，艰难地从地上爬起来，索性把门从里面反锁住，意识模糊前，她只听到铁门被砸而发出的铿锵声……

洵，救救我……

不知道昏睡了多久，苏曼宁醒过来的时候，还在原来的地方。门依旧锁着，她不敢去开门看外面的情况。地下室里温度很低，消毒水、血腥味以及腐败的味道交织在一起，令人作呕。

人现在虽然清醒了许多，但她依旧十分虚弱，再加上饥饿和寒冷，她只能紧紧地抱住自己缩在角落里发抖。

也不知道过了多久，等到外面一点动静都没有了，苏曼宁才起身去开门，然后发现，那些人竟将门从外面上了锁。

苏曼宁起初是敲门，而后轻声询问外面是否有人。在没得到任何回应后，她开始大声喊叫，接着嘶吼，砸门，直到没有一点气力……

地下室面看不出外面是黑夜还是白天，苏曼宁不知道待了多久，试着寻求另一个出口，可最终发现一切都只是徒劳。

这阴暗的地下室，就像是恐怖片里的修罗场，简陋的手术台，已经不知道是好还是坏的陈旧机器，苏曼宁似乎都能想象躺在这样的地方，被人用刀切开身体那血淋淋的场景。

这一刻，她后悔了，后悔自己的不顾一切，也后悔当时说出再也不想见他的话。

苏曼宁是两天后被找到的。

当时她被拖进地下室，她从里面锁上了门后，那女人开不了门，便想去叫同伙。谁知因为之前的案子，警察已经锁定了他们，并正在四处搜寻他们，为了不让苏曼宁跑出去暴露他们的行踪，她又返回来把门也从外面上了锁，而晕倒在外面的男人，醒了后也跑了。虽然最后犯罪嫌疑人都落了网，但罪犯指认现场的时候，已经过去了两天。

楚南洵跟着警察来到木屋，发现并没有苏曼宁的影子，最后他是在地下室的一个柜子里找到她的，原来，她害怕那些人再回来伤害她，便把自己锁在了柜子里。

当苏曼宁睁开眼睛，虚弱地叫着“洵，救救我”时，楚南洵瞬间泪崩了，他紧紧地抱住苏曼宁，一遍一遍地说着“我来了，对不起”……

17

第十七章

Chapter

因为遇见你

苏曼宁虽然身体上没受到多大的伤害，心灵上却遭受了很大的刺激，在医院醒来后，不仅受不了消毒水的味道，而且看到针头和医生就会怕，楚南洵便直接把她带回了家，寸步不离地照顾她。

苏曼宁的出事并不是意外，而是蓄谋已久。之前苏曼宁老感觉身后有人跟踪她，那人便是 James，了解到苏曼宁的生活环境和周边的人际关系后，再找个时机诱她上钩。

苏曼宁本来就是个没有什么防备的女孩儿，再加上正处于感情的脆弱期，所以这一次被骗，给她的精神造成了毁灭性的打击。

现在的苏曼宁，不相信任何人，包括楚南洵。

楚南洵做好饭后，发现原本躺在床上的人不见了，一看地上全是衣服，就知道苏曼宁躲进了衣柜。他打开衣柜，看见苏曼宁缩在里面，怀里紧紧地抱着一个玩偶。

楚南洵心里一揪。调整好自己的情绪后，他就地坐下来，轻声细语道：“阿宁，我们出来吃饭好不好？”

苏曼宁把头埋在玩偶里不吭声，楚南洵往前挪了挪，伸手摸了摸她的头，见她不排斥，便准备去拿她怀里的玩偶，结果刚一拉扯，她便直接上手一抓，只听到楚南洵"嘶"的一声，手臂处多了几条血痕。

楚南洵顾不上痛，连忙往后退了退："好好好，我不动你。"

在医院还能输点葡萄糖补充体力，可回到家后，苏曼宁别说吃饭了，几乎滴水未进——因为之前喝过被下了药的酒有了心理阴影，现在她不敢轻易张嘴吃东西了。

不吃不喝的，再加上身体本来就弱，苏曼宁很快便耗完了体力，最后直接昏倒在衣柜里。楚南洵从里面把她抱出来的时候，体重轻得让他心痛地皱了眉。

不管怎么样，不吃东西是不行的，他强制她吃东西。碗被掀了，他就重新再去准备新的食物，被抓被咬，他也不吭不响，耐着心去哄她，最后，他终于能靠近她，拿着勺子喂她吃东西，见她还是有戒备，就自己吃一口再去喂她，终于她吃了第一口，可第二次把勺子递过去的时候，她又不张嘴了，最后便演变成了"你一口我一口"。

解决了吃饭的问题，然后便是睡觉的问题。苏曼宁时常会在噩梦中惊醒，醒来后精神很是狂躁，起初楚南洵不敢离她太近，后来就在她床边打地铺。她每每惊醒时，他就会起来抱住她，一遍又一遍地安抚她，尽管他因此没睡过一个好觉。

这样的生活一直持续了将近三个月。楚南洵考虑到苏曼宁怕冷，所以一个月前把她带到了中国的沿海城市,这里的冬天依旧阳光明媚，而且房子靠海，每天都能呼吸到新鲜的空气。

楚南洵每次天没亮就会出去买新鲜的食材，然后赶在苏曼宁醒来之前为她做好早餐，但这两天他感冒了。苏曼宁醒过来的时候，发现楚南洵还睡在床边，脸色看起来十分不好，而且皱着眉的样子看上去很痛苦。

苏曼宁用手探了探他的额头，才发现他发烧了，再看看他裸露在外的手臂，到处都是大小可见的伤疤，而这些伤疤都是她造成的。

这三个月以来，在楚南洵的精心照顾下，她已经慢慢恢复健康。

毕竟是自己深爱过的男人啊，此时此刻看到这样子的他，她的心便不自觉地闷痛。

楚南洵醒过来的时候，外面下雨了，凉凉的微风从窗户灌进来，撩拨着纱质的窗帘。他忽然想到了什么，连忙从地上爬起来，一看床上已经没有人，心突然一慌。等找遍所有房间都没发现人时，他急得眼眶都红了。

他来不及换衣服，趿着拖鞋便准备出门，一开门，就看了苏曼宁。她似刚回来，浑身湿答答地站在门口，手里提着菜。

没等她开口，楚南洵便上前一把将她抱住，眼泪夺眶而出。

这段时间再怎么辛苦再怎么累，他都没掉过一滴眼泪，而就在刚刚，他以为会再次失去苏曼宁时，心里那坚强的堡垒，瞬间溃败成军。

像是感觉到楚南洵流了泪，苏曼宁丢掉手里的袋子，也环抱住他，然后轻轻地说了句："我身上是湿的……"

楚南洵一听，非但没有松手，反而抱得更紧了。可能是因为在发烧，他的身体很热，暖暖的，让人很有安全感。

原来，苏曼宁是去给楚南洵买药，顺带着买了点食材回来给他做早饭，只是出门前还晴空万里，中途却下了这么大的雨，又怕楚南洵会担心，所以没办法等到雨停，便冒着雨回来了。

虽然生着病，但楚南洵还是没让苏曼宁去准备早餐。看着她不仅会关心自己了，而且也不再害怕单独出门，楚南洵有些欣慰，感觉自己的病都好了。

“今天下雨，你衣服穿够了没，会不会冷？”他问。

“不会……”

“有什么特别想吃的，我给你准备。”

“都可以。”

“下次出门，可以叫上我……”

“好。”

楚南洵在厨房准备早餐，苏曼宁则乖乖地坐在客厅，发现茶几上全是书，有心理学类的书，也有菜谱，最后，苏曼宁的视线停留在一本《宠妻日记》上。

她起身拿过书，翻开一看，原来是狗血的爱情小说，看就算了，居然还做了笔记？

苏曼宁正打算看他写了一些什么的时候，手里的书突然被抽走了。

“买书的时候拿错了，想着反正也买回来了，就无聊的时候看看……”楚南洵尴尬地笑了笑，拿着书进了房间。他四处看了看，然后准备把书放在最高的那个柜子顶上，刚一踮脚，腰突然被苏曼宁抱住。

“谢谢你，洵，谢谢你为我做的一切……”

楚南洵的心忽然漏跳了一拍，他转过身回抱住他的小丫头，摸摸她的头："该说谢谢的是我，谢谢你终于回到我身边了……"

这一个"终于"饱含着一丝心酸，因为她终于敞开了心扉，愿意让他靠近了。

"你还会离开我吗？"苏曼宁从楚南洵的怀里抬起头，眼神里夹带着一丝不确定的忧伤。

楚南洵吻了吻她的额头："不会，再也不会了，即便是你撵我走，我也不会走了。"

对，不是报复，不是内疚，而是现在的他，有了她，才是完整的。

吃完早餐，苏曼宁站在阳台，用手接着落下的雨。雨水溅在手心，冰冰的、痒痒的，微凉的风撩拨着她乌黑的长发。这三个月，她清瘦了不少，五官显得更加立体了，少了些小女孩的稚气，多了些成熟女人的幽韵。

苏曼宁深吸了一口气，凉风似乎吹走了她身上所有的负面情绪。虽然此时依旧着雨，但在她心里，阳光似乎穿透了乌云……

她的嘴角扬起了一抹笑意。

楚南洵从里屋走出来，拉过苏曼宁的手，用毛巾给她擦干："乖，外面凉，进去待着……"

苏曼宁踮起脚，用手摸了摸楚南洵的额头。虽然烧已经退了，但她还是有些不放心，拉着他进到了房间，然后拉开被子，拍了拍："你躺着休息一下！"

楚南洵耸耸肩，笑道："我已经没事了。"

可苏曼宁不听，她知道，这段时间，楚南洵为了照顾她，没有睡过一个好觉，明明感冒烧得厉害，晚上却为了不吵着她休息，等她睡熟了才进来，而且晚上还戴着口罩睡。

楚南洵拗不过她，便听话地躺下了。

苏曼宁趴在床边，盯着明显已经瘦了一大圈的楚南洵，过了许久才说道："洵，我们回去吧！我已经没事了，想回去看看 Sunny……"

"现在还是冬天，你怕冷，还是等春天……"

苏曼宁摇了摇头："有你在，我不怕了。"

楚南洵起身抱住苏曼宁，感觉之前的所有付出都值得了："那回去后，你搬过来住。"

苏曼宁在楚南洵怀里蹭了蹭，应了声："好！"

苏曼宁之所以想回去，还有一个原因就是昨天她听到了楚南洵打的电话——老太太身体不好住院了。

她知道楚南洵一向孝顺奶奶，所以现在必须回去。

飞机落地之前，苏曼宁以为自己已准备好了，谁知道一下飞机见到 Sunny 的那一刻，还是忍不住委屈地哭了。走出机场的这段路，Sunny 对苏曼宁各种嘘寒问暖，完全忽视掉了跟在后面的楚南洵。

在停车场上车的瞬间，楚南洵抢先一步坐上了后排座，成功地把 Sunny 挤到了前排的副驾驶座。

Sunny 气得一叉腰："不是吧？我这么久没见我们家小曼宁了，这么点单独相处的空间都不给我们啊？"

“刚才已经给你了。”楚南洵说完头往后一仰。闭目养神前，他侧过脸朝苏曼宁微微一笑，然后拉过她的手，完全无视其他人的存在。

Sunny气得哼了一声，嘭地关上车门去了前排。

为迎接苏曼宁，Sunny还专门找人把她的房间收拾了一番，结果楚南洵却直接叫司机开去了他家，而且下车后，利落地送了“再见”两个字给Sunny。

Sunny回了一句“见色忘友”后，气呼呼地离开了，实则心里也挺欣慰的。苏曼宁刚出事那会儿的情况，他不是不知道，如今一见，她已然好多了，作为她唯一至亲的朋友，他应该跟楚南洵说声“谢谢”的。

房子还是和以前一样，楚南洵没在的这段时间，守门大爷时不时地会进来帮忙打扫。

两人吃了晚饭后，去客厅看了会儿电视，然后楚南洵说他先去洗澡，苏曼宁点头应了一声，脸却悄无声息地红了起来。

她也觉得自己的反应挺可笑的，明明两人住在一起都三个多月了，反而到这里生活后，一切变得暧昧起来。

趁楚南洵洗澡的间隙，苏曼宁去房间看了看。虽然是三房两厅，却只有主卧有床，今晚，她该睡哪里呢？睡哪里都会失眠的吧？感觉整个屋子都充满着楚南洵男性荷尔蒙的气息。想到这里，她忽然心如擂鼓，天啦，她在想入非非什么？

“你在干什么？”正在这时，身后响起了楚南洵的声音，吓得苏曼宁肩膀一缩。

“我……没……没有……”苏曼宁脸一红，甚至都不敢抬眼看他。

她都不用看，便能想象出他穿着薄薄的睡衣，头发湿漉漉的样子有多性感，瞬间紧张地咽了咽口水。

“吓到你了？”楚南洵看她一直埋着头，不由得有些担心，想伸手去摸摸她的头。

苏曼宁条件反射地躲开了：“我……我去洗澡！”说完便绕过楚南洵躲到浴室去了。

关上门的那一刻，脸已经红得不像话了。浴室里弥漫着淡淡沐浴露的花茶香气，像是被十几个楚南洵包围的感觉，苏曼宁有些呼吸困难，连忙甩了甩脑袋，然后两三下就把衣服脱掉，先冲水让自己冷静一下。

十分钟后，楚南洵在门外敲了敲门：“阿宁，你洗好了吗？”

“啊，快了，快了……”

十五分钟后，楚南洵又来敲了敲门：“阿宁，你还好吧？”

“啊，我很好！”

又过去了十分钟，楚南洵再次来到门边，不过还没等他敲门，里面便瓮声瓮气地传来一句：“我忘记拿换洗的衣服了……”

楚南洵忍不住嘴角一勾，眼里染上了一丝欣慰，感觉那个可爱的丫头慢慢地回来了，于是忍不住逗她：“里面有干净的浴巾，要不，你裹好了出来拿？”

“啊！”苏曼宁一吓，脚底一个打滑，然后“扑通”一声，整个人结结实实地摔在了地上。

楚南洵一听，哪里还淡定得了，直接开门便走了进去。苏曼宁急得顾不上疼痛，连忙缩起来遮挡住重要部位。楚南洵倒是淡定，直接拿了浴巾，把苏曼宁整个包起来，然后抱出了浴室。

“能自己穿衣服吗？”楚南洵蹲下身子轻声问道。

苏曼宁紧紧地抓着浴巾，咬着唇，红着脸点了点头。

“那好，你先穿好衣服，我一会儿再来看看你伤到哪里了。”

楚南洵说完，便带门出去了。

苏曼宁整个人往床上一倒，摸了摸自己的心脏，天啦，刚刚被看光了,真是快被羞死了,可是看他表情淡淡的样子,难道是对她没感觉？还是说她的身材还达不到他要的标准？

就在苏曼宁内心各种小九九的时候，站在门外的楚南洵松了一口气，此时的他也正捂着怦怦乱跳的心口，一遍又一遍地试着平复自己的情绪呢！

还好脸皮够厚，不容易脸红。

苏曼宁换好衣服，楚南洵拿着药箱走了进来。苏曼宁伤得不是很严重，就是膝盖碰了一下，有些红肿。

抹好药后，楚南洵抬起头，刚好撞上苏曼宁的视线，两人都不同程度地心慌了一下。

“还有哪里伤到了吗？”

苏曼宁伸出舌尖，含混不清地说道：“舌头咬到了……”

楚南洵的视线移到苏曼宁鲜红粉嫩的唇上，看着那被咬后有些充血的柔软舌尖，不禁有些口干舌燥。他下意识地咽了咽口水，好像有一种冲动要呼之欲出。

“这……没有药可以上。”

苏曼宁连忙收回舌头，紧闭嘴唇，天啦，她这才意识到自己刚才的行为有多暧昧。

“啊，已经不痛了！”苏曼宁害羞地把脸转到一边。

“那，你早点休息，明天我带你去见奶奶……”

楚南洵提着药箱要走，苏曼宁连忙上前拉住他的手，害羞地扭捏了一下后，问道：“今晚你睡床吧！”

楚南洵心里一咯噔，刚才平复一点的冲动，又被释放出来：“我……我还是打地铺吧！”

苏曼宁咬了咬唇，他都这么说了，她自然也不好再说些什么，“哦”了一声后，便松手了。

三个多月的时间，他基本天天都是打地铺睡在她床边，却没有一次像现在这样，辗转反侧，莫名地紧张兴奋到无法闭眼。

“你睡了吗？”苏曼宁问。

“没……”

“外面好像下雨了……”

“嗯！”

“不知道会不会打雷……”

“没事，有我在……”

过了十分钟后……

“洵，还是把灯关了吧……”

“你不是怕黑吗？”

“可是你会睡不好……”

“没关系，我已经习惯了……”

“可万一哪天停电了怎么办？”

“我明天去买一台发电机……”

又过去了半小时……

“洵，你冷吗？”

“不冷……”

“可是我冷……”

这下楚南洵不再忍了，腾地从地上爬到了床上，然后睡在苏曼宁的旁边，把她揽进了怀里：“还冷吗？”

苏曼宁摇了摇头。

楚南洵摸了摸她的头：“乖，不要乱动，赶了一天的路，你已经很累了，快点睡觉。”

“嗯！”苏曼宁往他怀里靠了靠，闭上眼睛，虽然还是有些紧张，但终于踏实了不少。

而楚南洵，应该是失眠了吧？

因为老太太不愿意待在医院，所以楚辰南便直接接老太太回了老宅，然后每天悉心照顾，知道今天楚南洵要来，他一大早就煮好了一壶茶，然后还亲自准备了一些茶点。

在进门前，楚南洵再次向苏曼宁确认道：“你确定可以吗？如果不行，我们马上回去。”

苏曼宁拍了拍他牵着她的手，点了点头：“放心吧，我没事。”

楚南洵的手紧了紧，随即推门而入。

下了一夜的雨后，天空出现了暖阳，可是这个城市的冬天，还是会有些冷，楚南洵去找了个热水袋给苏曼宁焐手，然后带她去大堂见老太太。

在进门前，苏曼宁忽然有些紧张了，因为严格来讲，这是她第一次以楚南洵女朋友的身份去见老太太，除去这种“丑媳妇见公婆”的紧张外，其实还是有些害怕，毕竟上一次见面，是在她八岁的那年，身份截然不同，而且经历了这么多后，让她没有安全感的事情太多了。

但是她又不想让楚南洵为难，所以，深吸了一口气后，走了进去。

老太太的精神看起来挺好的，就是好像眼睛有些看不清楚了，见有人进去，她慈祥地问：“是洵儿回来了吗？”

楚南洵上前拉住老太太的手：“是我，奶奶！”

老太太很是高兴，连忙招呼他坐下，然后朝苏曼宁招了招手：“阿宁，你过来，让奶奶好好看看！”

老太太和苏曼宁简单地聊了几句后，把楚南洵叫了出去，说他爸在厨房准备午餐，一个人忙不过来，让他去帮忙。楚南洵走之前，再三用眼神确认了苏曼宁没事后，才放心地离开。

其间，不知道老太太跟苏曼宁说了什么，也不知道楚家父子俩在厨房又说了什么，总之，坐在一桌吃饭的时候，大家言笑晏晏，其乐融融。

“洵儿，你可老大不小了啊，既然有了喜欢的女孩儿，也该是时候成家立业了。”正在这时，老太太说了一句。

“不急，奶奶。”

楚南洵这话一出，让苏曼宁听得有些不是滋味了，吃饭的动作也明显慢了下来。

“妈，让他们年轻人自己做主吧！”楚辰南也插了一嘴。

“啊，对对对，你们自己做主，不过，吃完饭后，阿宁你来奶奶的房间一下。”

“啊，好的，奶奶！”苏曼宁乖巧地点头。

回去的路上，苏曼宁一直闷不作声，楚南洵连叫了她两次她都不回应，于是他将方向盘一打，把车停到了路边。

“阿宁，你怎么了？”他问。

“没事……”苏曼宁趴在窗口，看都不看一眼楚南洵。

“是不是奶奶跟你说了什么？”

苏曼宁把手伸出来，手腕上戴了一个羊脂白玉的手镯：“这是你奶奶给我的，我想还给你，可是戴上去就取不下来了。”

楚南洵没太懂，眨巴了两下眼问道：“为什么要还给我？”

“奶奶说，是要送给她孙媳妇的，我，还不是！”

楚南洵这才明白，原来小丫头这是在为刚才的事跟他闹别扭呢！他拉过她的手，拍了拍，反问道：“你觉得这世界上，除了你，谁还肯要我？”

苏曼宁转过脸，嘟哝着嘴，回道：“就凭你这张脸，手指头轻轻一勾，就过来一大群了。”

楚南洵扑哧一笑，勾了勾手指。苏曼宁还以为他有什么话要告诉她，乖乖地凑了过去，谁知楚南洵在她的脸上亲了一口：“果然，一勾手指头就来！”

苏曼宁生气了，哼了一声后，转过身不理人了。

看着小丫头可爱的样子，楚南洵嘴角扬起了好看的弧度。

“我一直觉得像我这种人，是不会有人喜欢的，从小到大，觉得什么都能将就，没菜没饭，泡面也行，几万块的衣服能穿，几十块的衣服也能穿，就连结婚的对象，只要不是特别反感，都能接受。直到我遇见了你，我才知道什么是一曲梨花一簇白，一生只等一人来……”

“什么意思？”

楚南洵扬唇一笑：“就是除了你，我谁都不要！”他动了动手指，“如果这个动作代表着亲昵，那么，我就只对你一个人做。”

苏曼宁看着一脸温柔和真诚的男人，眼睛不禁湿润了。

“这些话，是一年前我在医院里想要对你说的话。”楚南洵的手抚上苏曼宁的脸，“所以，在你确认我可以依靠、可以为你遮风挡雨后，欢迎你嫁给我！”

“所以你说的‘不急’，其实是在给我时间？”

“嗯，希望你不会让我等太久！”

沈梦汐知道苏曼宁回来了，晚上的时候给她打来了视频电话。

“天啦，我哥跟你告白啦？”沈梦汐惊得差点从座位上跳起来，“我就知道那个闷骚男套路多着呢！曼宁你要考虑清楚啊，这火坑跳下去，可真是凶多吉少啊！”

苏曼宁佯装思考的样子：“嗯，是得好好考虑一下！”

这下换沈梦汐急了：“别啊，我刚刚就开个玩笑，你就不能看在他那么可怜的份上，勉强收了他？他可是楚家的独苗，这传宗接代、任重而道远的任务，只有你能胜任了啊！”

苏曼宁扑哧一下笑出了声，转而又换成严肃脸：“可是他把给我设计的手链拿出去卖了，虽然跟我解释是因为助理拿错了设计图，但我心里始终还是过不了这个坎。”

“哎哟，曼宁啊曼宁，这全世界都在为你的爱情买单了，你还有什么不满意的？”

被沈梦汐这么一说，苏曼宁一下子就豁然开朗了，不由得朝沈梦汐竖了个大拇指。

“啊，对了，你跟唐钰怎么样了？”苏曼宁问。

“分了，分了，我们八字不合！”

“真羡慕你们，吵吵闹闹的，多有意思。”

“小曼宁，我没听错吧，哪有情侣喜欢吵架的？你要真那么无聊，可以去跟我哥吵，我也想看看他凶别人的样子。”

说起这个，苏曼宁倒是想起了上次在音乐会的事情，不由得心里一暖。

“啊，对了，我哥那方面功夫还行吧？”沈梦汐色兮兮地问。

苏曼宁的脸唰地一红，她干咳了两下，装作没听到。

“不行哦？”沈梦汐开启自言自语模式，“不是，他虽然不怎么爱运动，但看起来也挺壮的啊，我看我得找个时间去给他找个老中医，医……”

等沈梦汐再一抬头，突然看到了楚南洵，那死鱼眼瞪得她快丧失语言能力了，于是瞬间挂了电话。

这次电话是沈梦汐在苏曼宁出事后的第一次通话，之前沈梦汐都是通过楚南洵了解她的情况，且通话过程中，沈梦汐只字不敢提英国的事，怕触碰到苏曼宁的痛处。打这个电话，也是经过楚南洵同意的。而现在，楚南洵有点后悔答应这件事了。

楚南洵、苏曼宁两人面面相觑，莫名有些尴尬。

“咳……嗯嗯，梦汐姐只是开玩笑的，你没有不行，很厉害！”本来是想要缓解一下气氛，可话一出口，貌似更加尴尬了。

“我……我去洗澡……”苏曼宁想跑，却被楚南洵抓住了衣领。

“你已经洗过了……”他的声音幽幽地在头顶响起，低沉的嗓音魅惑力十足。

“那……那你去洗！”

“我也洗过了……”

扑通扑通……苏曼宁的心脏快从嗓子眼里跳出来了。

正当她羞窘得恨不得挖个洞埋起来时，楚南洵突然把她打横抱起，然后直接抱到了床上。

“我行不行，你实践一下不就知道了。”

苏曼宁口干舌燥地咽了咽口水，看着这张被放大了的帅脸，呼吸相闻间，似乎有什么东西一触即发。

楚南洵慢慢地靠近，在快要碰到苏曼宁双唇的时候，她突然伸出手抵住他的胸膛：“我……我舌头还痛着呢……”说完伸出舌尖给楚南洵看。

这哪里是拒绝，分明是在诱惑，是在点他的火。楚南洵直接撇开苏曼宁的手，吻了下去。

等他再抬起头时，眼里已经染上了一丝迷离。

“还痛吗？”

苏曼宁整个脑袋都快充血了，红着脸摇了摇头。

“还要吗？”

苏曼宁咬了咬唇，慢慢地闭上了眼……

番外

Chapter

你到底要考虑到
什么时候？

半年后……

苏曼宁拿着手机嗒嗒嗒地跑到楚南洵的工作室。

“洵，你看，梦汐姐去妇产科被狗仔拍了照片！”

楚南洵眉头一皱，放下手里的工具，接过手机一看，几秒钟后，唰地站起来，然后拿着自己手机走了出去。

看楚南洵气势汹汹的样子，苏曼宁不敢靠近，隔得远也听不清他在说什么，不过，倒是第一次看他打电话说这么多，简直可以用滔滔不绝来形容。

差不多半小时后，楚南洵挂了电话，黑着脸走了进来，进工作室前，转身警告苏曼宁：“一会儿她要是给你打电话，你不准接。啊，不对，以后断绝跟她的联系。”

苏曼宁眨巴了两下眼，一脸茫然样儿，为什么啊？

半小时后，沈梦汐的电话果然打了过来。苏曼宁下意识地盯了盯那边紧闭的房门，在好奇心的驱使下，拿着手机悄悄去到卫生间接。

“所以，你是真的怀孕啦？”苏曼宁惊得连忙捂住嘴，鬼鬼祟祟的，一副生怕被楚南洵知道的样子。

“我也不想啊，可是怀都怀了，总不能不要吧？”

“那唐钰呢？”

“他尊重我啊。不过，看他说什么‘我们唐家八代单传’之类的话，估计是很想要孩子的吧？”

苏曼宁咯咯笑了两声：“那刚才你哥跟你说了什么，他好像很生气的样子。”

一说到这里，沈梦汐就有些委屈了：“他说我未婚先孕，败坏门风，还骂我不负责任，做事不考虑后果，而且没有第一时间告诉家人，让大家靠看新闻才知道。那我怎么办？我也是第一次啊，心里也慌啊，他凭什么骂我，真以为是我亲哥啊，只是个表的，表的！”

“好了，好了，你先不要激动，别吓着肚子里的孩子。”

说到这里，苏曼宁才恍然大悟，怪不得楚南洵把她的“日子”算得那么准，每次要避开危险期不说，还必须做好安全措施，原来，是他那传统的思想在作祟啊！

“还说什么，要是没有一个成年人的担当和责任心，就不要有婚前性行为。我去，他不过比我大三岁，现在是要给我上性教育课程吗？”

苏曼宁惊得下巴都快掉地上了，照他这种说法，他会在婚前和她那个，是因为他觉得自己有成年人的担当和责任心是吗？

怎么突然觉得这样一本正经的他很可爱呢？

“他怕我带坏你，所以不让我给你打电话……”

话还没说完，楚南洵便直接推门走了进来。沈梦汐那边一听到动静，便火速挂了电话，说归说，该㞞的时候还是要㞞的。

“为什么不听话？”楚南洵直奔主题，一脸的严肃。

苏曼宁吓得咽了咽口水，而后尴尬地笑了笑：“你放心啦，我不会被带坏的。”

“所以，你还要考虑多久才嫁给我？”

“我说了啊，等我找到合适的工作。”

“做我助理不好吗？”

“我不想人家说我是吃软饭的！”

“我的软饭不好吃吗？”

“好吃！好吃，最好吃了，哈哈……”苏曼宁说完便溜走了，“我去找工作了啊！”

其实，苏曼宁要找份工作也挺简单的，什么歌手、演员、模特，跟着已经成为金牌经纪人的Sunny，再怎么样也算是份高收入的工作，可楚南洵不准啊，一是不喜欢她抛头露面，跟别的男人走得太近，二则是娱乐圈本就复杂，他没办法管控她的行程和交际圈，出了上次那件事后，他不敢让她离自己太远。

可是除去那些工作，苏曼宁并没有什么其他特长，脏活累活他也不让干，所以，她一直没找到合适的工作。因此，她迟迟不跟楚南洵结婚。

当然，这只是其中一个原因。

“你就‘作’吧，人家已经对你这么好了，还想要人家怎么跟你求婚？”Sunny搅着面前的咖啡，一副受不了的表情。

“可哪个女孩子不想要个浪漫的求婚啊？再说了，这辈子就只结一次婚,我可不想留下什么遗憾。”苏曼宁嘟哝着嘴,戳着盘子里的蛋糕。

“那你直接告诉他啊！”

“可这样就没惊喜了啊？”

“那要是他一直都没这个觉悟呢？”

苏曼宁撑着头，叹了口气，有些不开心赌气道：“我那就一直不嫁！”

Sunny 啧啧啧地摇了摇头：“小丫头就是小丫头，使起性子来，谁都没辙！啊，对了，你不是要找工作吗？我最近要成立自己的经纪公司了，你要不要来上班？”

苏曼宁吃惊得瞪圆了眼睛：“天啦，Sunny，你已经这么发达了吗？可是，我能做些什么呢？他又不让我去做抛头露脸的工作……”

“不抛头，不露脸，帮我带带新人，总可以了吧？”

苏曼宁一个激动扑上前，在 Sunny 的脸上吧唧了一口：“不如嫁给你好了！”

Sunny 嫌弃地一把推开她：“呸呸呸！我才不要你呢！这辈子最后悔的事就是遇到你，休想缠住我！”

正在这时，苏曼宁的手机响了，是楚南洵打来的。她看了看时间，不开心地嘟哝了一句：“肯定又是叫我回去吃饭了……”

“那还不快接？”Sunny 说完就打算先走了，谁知苏曼宁拦住了他的去路。

“我今天不回来吃饭了，还有，我晚上睡 Sunny 这里！”不等楚南洵回应，苏曼宁便直接挂断了电话，然后一把拉住 Sunny，“请我吃火锅？”

“不请！”

“牛排也可以！”

“你脸皮也越来越厚了！”

“不是开公司了嘛，庆祝庆祝？”

“那说好，吃完就给我回去。”

“当然！”

……

Sunny 就知道苏曼宁是不省油的灯，吃火锅喝啤酒也就算了，还闹着非要去他那里睡，说他不同意，她就不去他公司上班，不去上班就没有工作，没有工作就嫁不出去，然后他就成了扼杀她幸福的凶手。

他能怎么办？他也很绝望啊，途中好几次想悄悄给楚南洵打电话，都被她发现了，最后还直接把他的手机抢走。

Sunny 无奈，只好先把她带回公寓。

楚南洵过来接人的时候，苏曼宁正压着 Sunny 给他化女妆呢！

“喝了点酒，折腾死人了，你再不来，我要报警了！”Sunny 像见到救星一样躲在楚南洵的身后。

“阿宁……”楚南洵轻轻地唤她，“跟我回去吧！”

苏曼宁嘟哝着嘴，有些委屈：“不要！”

“乖啦！”

“好吧！”

然后，她便乖乖地跟着楚南洵离开了。Sunny看着这一幕，觉得有些不可思议，这可能就是所谓的“一物降一物”吧！

楚南洵上车后，Sunny给他打了一个电话，话不多，就一句——“给她一个像样的求婚吧！”

楚南洵看了看已乖乖在旁边睡觉的苏曼宁，恍然大悟，原来，最近跟他闹别扭，是有原因的啊！

一个半月后。

苏曼宁领了新工作的第一份薪水，骄傲地在楚南洵面前晃来晃去。

“不如，请你吃个饭吧？”

楚南洵正在画设计图，听苏曼宁这么一说，他抬起头：“好啊，不过时间和地点我来定。”

苏曼宁一下子怂了：“那个，不……不会很贵吧？”

楚南洵看了看她手里那装着钱的信封，扬唇道：“应该还差点！”

苏曼宁急了，连忙把钱抱在怀里：“吃什么饭这么贵啊？你不知道成由勤俭败由奢吗？你会不会过日子啊？”

楚南洵扑哧一笑：“好了，都会说成语了，不逗你了，我请，总可以了吧？”

“你这是在看不起我呢？”

“没有啊，为你庆祝拿薪水嘛，应该的。”

“吃什么？”

“你挑食吗？”

“不挑。”

“那就没问题了！”

“看在你这么有诚意的份上，那就答应你吧！”苏曼宁说完，又看了看手里的信封，嘀咕了一句，“赶紧存卡里去，嗯，存个死期……”

看到小丫头那可爱的样儿，楚南洵不由得宠溺一笑，而后点了点头：“勤俭持家，贤良惠德，适合当家。”

一听到“当家”两个字，苏曼宁贼兮兮地侧过脸问了句：“你是要让我管你的钱吗？”

“我的就是你的啊！”

“那……方便透露一下，有多少？”

楚南洵想了想：“不如我的卡全部给你，你拿去银行查一下？”

“别，万一到时候发现钱少了，还以为是我拿的呢！毕竟我们现在还是男女朋友！”苏曼宁在最后四个字上加重了语气。

“也对！”楚南洵轻描淡写地附和了一句。

苏曼宁气结，哼了一声后离开了。

餐厅定在本市最豪华的五星级酒店，因为楚南洵还有事情要忙，所以便让苏曼宁自己先去。结果一到酒店门口，苏曼宁就㞞了，平时吃个泡面都能将就的人，突然跑到这里来吃饭，等等，难道是……

一想到可能的事，苏曼宁忽然就紧张了，可转念一想，明明是她先提的请吃饭啊，难道他只是顺水推舟？

想到这里，苏曼宁便有些郁闷，深吸了一口气，觉得自己可能想太多了，还是想想一会儿点什么菜吧！

餐厅在酒店的最顶层，装修很有档次，一整面的落地窗，外面的夜景一览无遗，可能是来得有些早吧，此时餐厅里还没有客人。

服务员领苏曼宁到座位坐下，然后拿了一个平板电脑给她，让她点菜。

正当苏曼宁对着那些菜品流口水时，平板电脑突然闪了一下，然后黑屏了，她以为坏了，点了两下没反应，就在这时，楚辰南出现在了平板电脑里。

是当初楚辰南设计“Soul M”时的采访视频。

那条手链虽然陪伴了自己那么久，但是看了这个视频后，才知道里面真正的含义，只是苏曼宁有些不明白，为什么突然要给她看这个视频。

视频播放完以后，楚南洵又突然出现了，一身正装，坐在镜头前，看上去似乎还有些紧张。

“阿宁，给你看刚刚的视频呢，是想让你原谅我爸爸。我知道不容易，我也是花了很多很多年，才学会放下，如果需要，我可以替他跟你说一声‘对不起’，我只是想，让你能毫无顾忌地跟我在一起。”

苏曼宁扬唇一笑，其实楚南洵根本没必要为此专门跟她解释道歉。她在去伦敦的时候，就从妈妈留下的日记里，知道了他们之间的故事，而又在见到老太太那次，知道了整个事件的真相，所以，她早已释怀了、放下了。

“Surprise！”苏曼宁沉浸在回忆里的时候，沈梦汐突然跳了出来，把她吓了一跳。

不只是沈梦汐，楚南洵、唐钰、Sunny，还有楚辰南也都走了过来。

“生日快乐！”这句话是楚辰南说的，苏曼宁一时之间没能反应过来。

“听南洵说，你都不记得你生日是哪一天了，那作为目前唯一的知情人，这个生日，很有必要隆重地庆祝一下，就是不知道，我有没有这个荣幸。”

苏曼宁有些不可置信，没想到搞了半天，是她的生日，确实是有够惊喜的。

“谢谢叔叔！”

“这是我给你准备的礼物！”楚辰南递过来一张卡，“听说你很喜欢吃火锅，我在 ×× 火锅店给你办了一张年卡，随时都可以免费去吃。”

苏曼宁感动得快哭了，这绝对是她收到过的最直接最实用最深得她心的礼物了，做设计的就是不一般啊，连送礼物都不走寻常路。

“这是我跟唐钰送给你的礼物，月子中心的 VVIP 卡，以后你生孩子会用得到的。”

苏曼宁看了看沈梦汐的肚子，反问道：“该不会是你自己去办的，然后对方做了个买一送一的活动吧？”

“一张卡好几万呢！哪里有买一送一，你指给我看一看？”沈梦汐白了她一眼。

苏曼宁咯咯笑了两声，连忙说：“谢谢，只是不知道什么时候能用上。”

沈梦汐用胳膊肘捅了捅一旁的楚南洵：“听到没，加把劲儿！”

一旁的楚南洵回了她一个白眼。

苏曼宁把视线移到了 Sunny 身上，眼神示意到他拿礼物了。

“我没什么礼物送给你，最多给你放半个月的假！”Sunny 傲娇地翘了翘兰花指。

苏曼宁想要冲过去给 Sunny 一个熊抱，谁知道楚南洵大步走过来，拦在了她前面。

“那你给我准备的生日礼物呢？”苏曼宁伸出手，理直气壮地道。

“上次甄选模特，你好像是通过了的。”

“所以呢？”

楚南洵手一抬，一松，一条漂亮的项链出现在了眼前。

“哇，真过分。你看到没有，我当他妹妹这么多年，一个设计图都没给我画过……”一旁的沈梦汐吃醋了。

“没关系，我们不稀罕，除了他的，你想要谁的设计图我都给你搞，怎么样？”一旁的唐钰安慰道。

“这才像话！”

看着两人亲昵的样子，苏曼宁真心为他俩高兴，转过身，示意让楚南洵把项链给她戴上。

“这个是绿宝石吗？”

“嗯，祖母绿……”

“怎么这么耳熟？”苏曼宁想起了什么，“啊，你妈妈的那条也是祖母绿，是吧？”

“他就是用那条项链上的宝石做的，因为这是我们楚家媳妇才会有的。”一旁的楚辰南解释道。

苏曼宁吃惊得瞪圆了眼睛，难道这是在向她求婚吗？

就在这时，楚南洵突然绕到了她前面，从包里拿出一个小盒子，然后单膝跪地。

“收完了生日礼物，要不要顺便把这个也收下？”他打开盒子，里面是一颗闪耀的钻石。

“你这是在向我求婚吗？”苏曼宁有些不确定。

“你要是同意了，这些卡全是你的！”楚南洵又从兜里拿出了好几张卡。

苏曼宁咽了咽口水，说不清是感动还是紧张：“哪有人用钱诱惑别人答应求婚的？”

“你也可以不要！”楚南洵说完，一副欲站起来的样子。

苏曼宁怕他反悔，连忙伸出手指：“好啦，好啦！我要！”

楚南洵满意地一笑，拿出戒指给她戴上，然后宠溺地摸了摸她的头：“好了，你终于完完全全属于我了。”

苏曼宁不服气地撇了撇嘴，楚南洵对她勾了勾手指，她以为还有什么惊喜，连忙凑过去，楚南洵便顺势吻了上去……

沈梦汐在一旁啧啧啧地摇了摇头：“都说了要拿到主动权，小曼宁啊，你怎么能这么禁不起诱惑……”

世界上最美好的爱情，估计就是：

——我没喜欢过别人。

——我也是。

后来过了很久，苏曼宁和楚南洵第一次吵架。苏曼宁跑去了沈梦汐家，当时沈梦汐是这样安慰她的——“我哥比你想象中的更爱你，更在乎你，你知道吗？你去英国的那一年，他也跟去了，不知道当了多久的跟踪狂……”

为了求证这件事，苏曼宁还给 Sunny 打了电话。Sunny 说，的确是他把她的行踪告诉楚南洵的，而且，楚南洵还暗中帮她解决了很多的麻烦，看她吃不惯那边的食物老是拉肚子，就给她塞了一张中餐厅的名片到门缝里，而且嘱咐餐厅老板给她最便宜的价格，多的他去补上，连她去咖啡厅找的那份兼职，也是他在背后帮的忙。

至于诺亚的出现，也不是什么巧合。

苏曼宁感动得一塌糊涂。她回到家，去问楚南洵，为什么当时不直接出现在她的面前。

楚南洵回答：“因为你需要时间冷静，而我刚好可以趁这个时间，好好地了解你。”

“所以，我感冒时的那个药，是你送的？”

“好像是吧，忘记了……”